마테오 팔코네

마테오 팔코네

초판 1쇄 인쇄 2021년 6월 25일
초판 1쇄 발행 2021년 6월 30일

지은이 프로스페르 메리메
옮긴이 김영진
펴낸이 남기성

펴낸곳 주식회사 자화상
인쇄,제작 데이타링크
출판사등록 신고번호 제 2016-000312호
주소 서울특별시 마포구 월드컵북로 400 서울산업진흥원 201호
대표전화 (070) 7555-9653
이메일 sung0278@naver.com

ISBN 979-11-91200-34-8 00860

마테오 팔코네

프로스페르 메리메 지음 | 김영진 옮김

자화상

| 차례 |

마테오 팔코네

포르토 베키오(프랑스 남동부 코르시카섬 동쪽의 항구 도시) 항구를 벗어나 북서 방향의 섬 안쪽으로 걸어가다 보면 고지대로 바뀌며 꽤 가파르고 구불구불한 오솔길이 나온다. 커다란 바위가 가로막거나 협곡으로 끊어진 길을 세 시간 정도 걸어 들어가면 코르시카섬 사람들이 흔히 '마키'라고 부르는 숲이 드넓게 펼쳐진다. 마키 숲은 섬의 목동들은 물론 경찰이나 문제를 일으킨 이들에게도 안식처와 같은 곳이다.

코르시카섬의 농부들은 밭을 일구고 비료를 주는 수고를 덜기 위해 숲에 꽤 큰 규모로 불을 질러 땅을 얻는다.

자칫 불똥이 튀어 필요 이상으로 불길이 번지면 낭패이지만 먹고살기 위해서는 어쩔 수 없는 노릇이다. 타고 남은 나무 재를 거름 삼아 비옥해진 땅에 씨를 뿌리면 그해 농사는 의심할 여지 없이 풍년이었다.

수확기가 되면 농부들은 이삭같이 생긴 열매만 따내고 줄기는 그대로 놔둔다. 땅에 묻힌 뿌리는 땅속에서 썩어 없어지는 대신 이듬해 봄에 다시 새싹을 내고, 이 싹은 몇 년 지나지 않아 2미터가 넘는 잡목으로 무성하게 자란다. 이렇게 해서 생긴 빽빽한 잡목림을 '마키'라고 부른다. 다양한 종류의 나무와 관목이 아무렇게나 뒤섞여 마키 숲을 이룬다. 손도끼를 들고 길을 내야만 지나갈 수 있는데, 어떤 곳은 산양조차 뚫고 나가지 못할 정도로 빽빽하고 울창하다.

만일 누군가가 살인을 하고 난 뒤 한 자루의 총과 약간의 탄약을 들고 마키 숲으로 숨어 들어간다면 안전하게 살아갈 수 있을 것이다. 두건이 잘 갖춰진 망토를 잊지 말고 챙겨라. 잠을 잘 때 이불과 매트로 쓰일 테니까. 목동들이 우유, 치즈, 밤을 나눠주기도 할 것이다. 그러니 그곳에서 법의 심판이나 죽은 자의 가족 따위는 전혀 두려워하지 않고 잘 지낼 수 있을 것이다. 탄약을 보충하기 위해 시내로 내려가야 할 때를 빼고는 말이다.

18XX년 내가 코르시카섬에 잠시 들렀을 때, 마테오 팔코네는 이 마키 숲으로부터 약 2킬로미터 떨어진 곳에 있는 집에 살았다. 그는 그 지역에서 꽤 부자였고 고상한 생활을 했는데, 다시 말해 아무 일도 하지 않으며 양 떼의 수익으로 살고 있었다. 양 떼는 유목민 목동들이 산의 이곳저곳을 끌고 다니며 방목했다.

내가 마테오를 만난 것은, 이제 내가 이야기할 사건이 일어난 지 2년쯤 지난 후였다. 그때 그는 쉰 살쯤으로 보였는데, 키는 작지만 건강해 보였으며 새카만 곱슬머리, 매부리코, 얇은 입술, 강렬하고 커다란 두 눈, 가죽장화의 안감 같은 얼굴색이 인상적이었다. 그의 능란한 사격 솜씨는 뛰어난 명사수가 많던 그 고장에서도 기막힌 실력이라고 소문나 있었다. 예컨대 그는 야생 양을 사냥할 때도 노루사냥에 쓰이는 큰 납탄은 쓰지 않았다. 그런데도 20보나 떨어진 먼 곳에서 머리든 어깨든 아무 곳이나 골라

한 방에 양을 쓰러뜨렸다.

또한 마테오 팔코네는 한밤중에도 대낮처럼 무기를 다루었는데, 코르시카섬에 와보지 않은 사람들에게는 그의 재간에 관한 이야기가 믿기지 않을 것이다. 이를테면 이런 이야기다. 칠흑같이 어두운 밤, 약 80보 떨어진 곳에 접시만 한 종이를 걸어놓고 그 뒤에 촛불을 켠다. 마테오 팔코네가 뺨에 총을 갖다 대면 누군가가 촛불을 끈다. 그러면 그는 1분 정도 조준을 한 후 깜깜한 암흑 속에서 방아쇠를 당긴다. 그가 쏜 네 발 가운데 세 발이 정확하게 종이를 관통했다고 한다.

이렇게 뛰어난 총 솜씨로 마테오 팔코네는 대단한 명성을 누리고 있었다. 그는 위험한 인물인 동시에 의리 있는 사나이였다. 남을 잘 도와주고 적선도 하면서 포르토베키오 지역에서 모든 사람과 평화롭게 지냈다. 하지만 아내를 맞아들였던 코르트에서는, 전쟁에서나 사랑에서나 무시무시한 사람으로 통했던 연적을 매우 강경하게 물리쳐버렸다는 이야기가 있다. 연적이 창문 옆에 달린 작은 거울 앞에서 면도하고 있었는데, 마테오가 그 거울에 총을 쏘아 상대방을 놀라게 한 것이다.

사건이 잠잠해지자 마테오는 결혼했다. 아내인 주제파는 내리 딸만 셋 낳다가(그래서 마테오는 몹시 화를 냈다) 드디어 아들을 하나 낳았고, 마테오는 아들에게 '포르투나토'라는 이름을 지어주었다. 아들은 집안의 희망이었고, 가문의 대를 이을 후계자였다. 딸들은 모두 결혼을 잘했다. 팔코네는 사위들 덕을 보기도 했는데, 그들은 단검을 다룰 줄 알았고 또 총 솜씨도 뛰어났다. 아들은 이제 열 살밖에 안 되었지만 벌써 자질을 보이고 있었다.

어느 가을날, 마테오는 양떼를 살펴보기 위해 아내 주제파와 함께 마키 숲으로 아침 일찍 서둘러 길을 나섰다. 포르투나토도 따라가고 싶어 했으나 어린 아들이 가기에는 숲까지의 거리가 너무 멀었다. 게다가 집을 지키려면 누군가 남아야 해서 어린 아들만 홀로 남겨두고 떠났다. 마테오가 나중에 이 일을 후회하게 될지 어떨지는 이제부터 시작되는 이야기를 읽은 뒤에 말하기로 하자.

아버지가 집을 비운 지 몇 시간이 흘렀을 때, 어린 포르투나토는 햇볕이 드는 곳에 누워 푸른 산들을 바라보며 빈둥거리고 있었다. 그의 머릿속은 이번 일요일에 시내에 있는 카포랄—사람들을 이끌고 포악한 지주에 대항해서 싸운 지도자를 코르시카에서는 옛날부터 카포랄이라고 불렀다—삼촌 댁에서 저녁 먹고 놀 생각으로 가득했다.

그때 갑자기 어디선가 총소리가 울리며 아이의 달콤한 생각을 산산조각 냈다. 그는 벌떡 일어나 소리가 들려온 평원 쪽을 돌아보았다. 연이어 다른 총소리가 들려왔다. 불규칙한 간격으로 쏘아대는 총소리는 점점 더 가까워졌다. 마침내 평원에서 마테오의 집으로 이어지는 오솔길에 어떤 남자가 나타났다. 산사람들이 쓰는 고깔모자에 덥수룩한 수염을 기르고 누더기를 걸친 남자는 자신의 총대에 몸을 의지한 채 발을 질질 끌며 힘겹게 걷고 있었다. 방금 허벅지에 총을 한 방 맞았기 때문이다.

그 남자는 도망자였다. 화약을 구하러 밤중에 시내로 내려왔다가 매복해 있던 코르시카 정예보병대에 발각된 것이다. 끈질기게 추격당하면서도 이 바위 저 바위 옮겨 다니며 총을 쏘아대며 격렬하게 맞섰으나 결국 밀려났고 추격대와의 거리는 점점 좁혀졌다. 설상가상으로 허벅지

상처 때문에 마키 숲까지 돌아갈 수 없는 처지가 되었다.

그는 포르투나토에게 다가오며 물었다.

"네 아버지가 마테오 팔코네지?"

"네."

"나는 자네토 산피에로다. 노란 깃의 경찰들—정예보병대의 갈색 제복에는 노란 깃이 달려 있다—한테 쫓기고 있단다. 나를 좀 숨겨다오. 더는 걸을 수가 없어."

"아버지 허락 없이 아저씨를 숨겨주면 아버지한테 야단맞을지도 모르는데요."

"잘했다고 하실 거다."

"그걸 어떻게 알아요?"

"어서 좀 숨겨줘. 추격대가 오고 있다고."

"안 돼요. 아버지가 돌아오실 때까지 기다려야 해요."

"기다리라고? 빌어먹을! 저들이 금세 이리로 들이닥칠 거야. 자, 어서 날 숨겨주렴. 안 그럼 널 죽여버릴 거야."

협박에도 포르투나토는 꿈쩍도 하지 않고 매우 침착하게 응수했다.

"아저씨 총에는 총알이 없어요. 그리고 탄띠에도 이제

실탄은 없고요."

"하지만 내겐 이 단검이 있지."

"그렇지만 나처럼 빨리 뛸 수 있을까요?"

아이는 단숨에 내달려 사내에게서 멀리 떨어졌다.

"너는 마테오 팔코네의 아들이 아니구나! 네 집 앞에서 내가 붙잡혀가게 할 거냐?"

아이는 움찔하는 듯했다.

"숨겨주면 나한테 뭘 줄 건데요?"

아이가 다가오면서 물었다.

도망자는 허리띠에 매달린 가죽 주머니를 뒤져 5프랑짜리 동전을 꺼냈다. 분명 화약을 사려고 모아둔 돈이었을 것이다. 은화를 본 포르투나토가 미소를 지었다. 아이는 동전을 받아들고 나서 자네토에게 말했다.

"걱정하지 마세요."

곧이어 포르투나토는 집 옆에 쌓아둔 건초 더미에 커다란 구멍을 냈다. 자네토는 그 속에 몸을 비집고 들어갔고, 아이는 그곳에 누가 숨어 있을 거라고는 의심할 수 없도록 숨 쉴 공간만 조금 남겨두고 구멍을 덮었다. 아이는 꽤 재치 있는 간계를 즉흥적으로 떠올렸다. 암고양이와 새끼 고양이들을 건초 더미 위에 올려놓아 마치 아무도 그곳을 건드린 적이 없는 것처럼 꾸며놓은 것이다. 그다음 집 근처 오솔길에 떨어진 핏자국을 흙먼지로 조심스럽게 덮어버렸다. 이 모든 일을 해치우고 나서는 다시금 아주 태평하게 햇살 아래 드러누워 낮잠을 자는 척했다.

얼마 후, 상급자의 지휘하에 노란 깃이 달린 갈색 군복을 입은 여섯 명의 남자들이 마테오의 집 앞에 나타났다. 상급자는 마테오의 아주 먼 친척으로 '티오도로 감바'라는 이름의 사내였다. 그는 아주 대범한 성격인 데다 이미 많은 산적을 추격했던 전력이 있어서 도망자들 사이에서는 몹시 두려운 존재로 알려져 있었다.

"잘 있었나, 꼬마 사촌!"

그는 포르투나토에게 다가서며 말했다.

"아이고, 그새 많이 컸구나. 혹시 좀 전에 어떤 사람이 지나가는 것 못 봤냐?"

"아! 제가 아저씨만큼 크려면 아직 멀었는걸요."

아이는 일부러 멍청한 표정을 지으며 대답했다.

"곧 자랄 거다. 근데 어떤 사람 지나가는 거 못 봤어? 말해보렴."

"어떤 사람 지나가는 거 봤냐고요?"

"그래, 검은색 벨벳 고깔모자에 붉고 노란 자수무늬 조끼를 입었다."

"검은색 벨벳 고깔모자에 붉고 노란 자수무늬 조끼요?"

"그래, 얼른 대답해. 내 질문 되풀이하지 말고."

"오늘 아침에 신부님이 피에로를 타고 우리 집 앞을 지나갔어요. 신부님은 저희 아버지가 건강하시냐고 물으시기에 저는……."

"아니, 이런 엉큼한 녀석! 꾀를 부리고 있구나! 자네토가 어디 있는지 빨리 말해. 지금 우린 그자를 찾고 있단 말이다. 그놈이 이리로 지나간 게 분명해."

"누가 그래요?"

"누가 그러더냐고? 네가 그놈을 봤다는 걸 나는 다 알고 있어."

"잠을 자면서 지나가는 사람을 볼 수 있나요?"

"넌 자고 있지 않았어! 총소리가 너를 깨웠을 테니까

말이야."

"아저씨 총소리가 그렇게 크다는 거예요? 우리 아버지가 쏘는 총이라면 몰라도……."

"못된 녀석! 천벌을 받을 거다! 네놈은 자네토를 본 게 분명해. 아마 숨겨줬겠지. 이봐, 집 안에 들어가서 우리가 찾는 놈이 있나 살펴봐. 멀리는 못 갔을 거야, 제아무리 길눈이 밝아도 절뚝거리면서 마키 숲에 이르지는 못했을 테니까. 게다가 핏자국이 여기서 멈췄어."

"근데 아빠가 뭐라고 안 하실까요?"

포르투나토가 비웃으며 물었다.

"아빠가 외출한 사이에 누군가 집에 들어갔다는 걸 알면 뭐라고 하실 텐데요?"

"이런 고약한 놈!"

감바는 포르투나토의 귀를 잡아당기며 말했다.

"네 말버릇을 고쳐놓는 건 내 맘먹기에 달렸다는 걸 모르냐? 칼등으로 스무 대만 맞으면 결국 실토하게 될 거다. 실컷 얻어맞고 나서 사실대로 말할래?"

하지만 포르투나토는 여전히 비웃으며 으스대듯 말했다.

"우리 아버지는 마테오 팔코네예요!"

"꼬마야, 나는 너를 코르트나 바스티아로 데려갈 수 있어. 그리고 발목에 쇠사슬을 채워 썩은 밀짚 바닥의 감옥에서 자게 할 거야. 자네토 산피에로가 어디 있는지 불지 않으면 아예 단두대로 보내 네 목을 잘라버릴 거다."

아이는 이 허무맹랑한 위협에 웃음을 터뜨렸다.

"우리 아버지는 마테오 팔코네예요!"

그러고는 했던 말만 되풀이했다.

"대장님, 마테오와 말썽을 일으키지 않는 게 좋을 것 같은데요."

부대원 하나가 나지막한 소리로 말했다.

감바는 확실히 곤혹스러워 보였다. 그는 샅샅이 집 안 수색을 마친 대원들과 작은 소리로 이야기를 나누었다. 오래 걸리는 작업은 아니었다. 코르시카의 오두막집은 모두 정방형의 방 한 칸으로 이루어져 있기 때문이다. 가구라고는 식탁 하나와 긴 의자들, 궤짝, 사냥도구와 살림살이가 다였다. 그러는 동안 포르투나토는 여유만만한 표정으로 자신의 고양이를 쓰다듬으며 그들의 당혹감을 즐기는 듯했다.

대원 하나가 건초 더미로 다가왔다. 그는 고양이를 슥 보고, 건초 더미에 무심하게 검을 찔러보았다. 그러더니 자신의 신중한 행동이 우스꽝스럽다고 느꼈는지 어깨를 으쓱했다. 아무런 움직임도 없었고 아이 얼굴에는 아주 조금의 감정 동요도 드러나지 않았다.

감바와 대원들은 공연한 노력에 진이 빠졌고, 왔던 길로 되돌아갈 채비를 하며 평원 쪽을 심각하게 바라보고 있었다. 그때 팔코네의 아들에게는 협박이 아무런 효과도 내지 못한다고 확신한 대장은, 마지막으로 호의와 선물로 꼬여보기로 했다.

"꼬마야, 너는 아주 똘똘한 녀석이구나! 크게 성공하겠어. 하지만 꽤 버릇없이 구는구나. 마테오의 심기를 건드릴까 우려되지만 않으면, 귀신한테 잡혀가더라도 널 데려갈 텐데."

"쳇!"

"하지만 마테오가 돌아오면 내가 이 얘길 다 할 거야. 그러면 너는 거짓말한 대가로 피가 나도록 매질을 당할 거다."

"그럴까요?"

"두고 봐라. 하지만 얘야, 네가 착하게 군다면 내가 뭔가를 주고 싶구나."

"그 전에 한마디만 할게요. 여기서 오래 머물러 있을수록 자네토라는 사람은 더 멀리 도망갈 거예요. 그렇게 되면 아저씨 같은 사람 하나로는 그 사람을 못 찾게 될 거예요."

바로 그때 감바는 주머니에서 10에퀴는 되어 보이는 은시계를 꺼냈다. 시계를 보는 포르투나토의 눈이 반짝이는 걸 유심히 본 그는 강철 시곗줄 끝에 매달린 은시계를 내밀며 말했다.

"장난꾸러기 녀석! 이런 시계를 목에 걸고 포르토 베키오 거리를 돌아다니고 싶을 거다. 공작처럼 으스대면서 말이다. 그러면 사람들이 묻겠지. '몇 시쯤 되었어요?'라고, 그러면 너는 시계를 가리키며 이렇게 말하겠지. '이 시계를 보세요'라고 말이다."

"내가 크면 카포랄 삼촌이 시계를 줄 거예요."

"그래. 하지만 그 아저씨 아들은 벌써 시계가 있더라.

사실 이것처럼 멋진 시계는 아니지만……. 하지만 걔는 너보다 더 어리던데."

포르투나토가 한숨을 쉬었다.

"어이, 꼬마 사촌, 이 시계 갖고 싶어?"

시계를 곁눈질하는 포르투나토는 통닭 한 마리를 눈앞에 둔 고양이를 닮았다. 고양이는 자기를 놀리는 걸 알고 감히 발톱을 갖다 대지도 못하고 유혹에 굴복하는 모습을 드러내지 않으려고 가끔 눈을 돌린다. 하지만 매 순간 입술을 할짝거리고 주인에게 이렇게 말하는 듯하다.

'아, 주인님의 장난은 너무 잔인해!'

감바는 자신 있는 태도로 계속 시계를 보여주며 말을 들으면 줄 것처럼 굴었다. 포르투나토는 손을 내밀지는 않았지만 씁쓸한 미소를 지으며 물었다.

"왜 나를 놀려요?"

"그럴 리가! 너를 놀리는 게 아니야. 자네토가 있는 곳만 말하면 이 시계는 네 거다."

포르투나토는 믿을 수 없다는 미소를 흘렸다. 그리고 까만색 눈으로 감바의 눈을 뚫어지게 바라보면서 그 말이

진실인지 아닌지를 읽어내려고 애썼다.

"조건대로 너한테 시계를 주지 않는다면 내 계급장을 떼버리겠다! 여기 동료들이 증인이니 약속을 지키지 않을 수 없지."

그렇게 말하면서 그는 은시계를 아이 가까이에 가져갔고, 은시계는 이제 아이의 창백한 뺨에 거의 닿을 듯했다. 아이의 얼굴에는 갖고 싶은 욕심과 사나이의 의리—사나이끼리의 의리는 절대로 어겨서는 안 되는 것이 코르시카섬의 오랜 전통이다—사이에서 갈등하는 마음이 고스란히 드러났다. 아이는 거의 숨이 막히는지 가슴을 크게 들썩였다. 그러는 동안 시계는 흔들흔들 빙글빙글 돌다가 이따금 아이의 코에 부딪혔다. 마침내 아이의 오른손이 차츰 시계 쪽으로 들어 올려졌고, 손가락 끝으로 시계를 만져보았다. 감바가 시곗줄 끝을 잡고 있었지만 아이는 온전히 시계의 무게를 알 수 있었다. 숫자판은 하늘빛이었고, 케이스는 새로 윤을 냈고, 햇빛을 받은 시계는 온통 불이 붙은 듯 반짝거렸다. 유혹은 아이가 이겨내기에는 너무 강렬했다.

포르투나토는 어깨까지 왼손을 들어, 그가 몸을 기대

고 있던 건초 더미를 엄지손가락으로 가리켰다. 그 손짓이 무엇을 뜻하는지 알아들은 감바는 시곗줄 끝을 내려놓았다. 포르투나토의 손안에 떨어졌고, 이제 그의 것이 되었다. 아이는 사슴처럼 날렵하게 일어나 건초 더미로부터 열 발자국 정도 물러났다. 그러자 대원들이 즉시 달려들어 건초 더미를 무너뜨리기 시작했다.

건초 더미는 순식간에 무너져 내렸고, 피범벅이 된 한 사나이가 손에 칼을 쥔 채로 안간힘을 쓰며 일어서려 하고 있었다. 피가 멈추긴 했지만 부상 때문에 도저히 몸을 움직일 수 없었던 그는 다시 그 자리에 쓰러지고 말았다. 그때 감바가 달려들어 그의 손에서 칼을 빼앗았고, 동시에 다른 대원들이 달려들어 몸부림치는 그를 꽁꽁 묶어버렸다.

바닥에 엎어져 나뭇단처럼 묶인 자네토는 포르투나토가 가까이 다가오자 고개를 들었다.

"이 자식! 마테오 팔코네의 아들이란 놈이……."

그는 분노보다는 경멸을 담아 말했다. 아이는 이제 돈을 받을 자격이 없다고 느꼈던지 그가 주었던 은화를 원래의 주인에게 던졌다. 하지만 도망자는 그런 행동에는 관심이 없어 보였다. 그는 감바에게 눈길을 돌리며 아주 침착하게 말했다.

"여보게, 감바 씨, 보다시피 나는 걸을 수가 없어. 시내까지 나를 떠메고 가야 할 거야."

"좀 전까지 노루보다 빨리 달렸잖아."

잔인한 승리자가 대꾸했다.

"가만히 있어. 너를 잡아들인 게 너무 좋아서 내 등에 업고 10리를 가도 힘들지 않을 거다. 뭐, 나뭇가지와 네 외투를 엮어 만든 들것에 실어 크레스폴리 농장까지만 가면 그곳에서 말을 얻을 수 있겠지."

"좋소. 이왕이면, 들것 위에다 짚을 좀 갈아주시오. 좀 편하게 누울 수 있도록."

대원들 일부가 밤나무 나뭇가지로 들것을 만드는 동안, 다른 대원들은 자네토의 상처에 붕대를 감아주었다. 그때 갑자기 마키 숲 쪽으로 향한 오솔길 모퉁이에서 마테오 팔코네와 그의 아내가 나타났다. 크고 무거운 밤 자루를 짊어진 아내는 굽은 허리로 힘겹게 걸어오고 있었고, 반면에 남편은 한 손에 총을 들고 어깨에는 또 다른 총을 둘러메고는 유유히 걸어오고 있었다. 남자가 무기 이외의 다른 짐을 드는 일은 위엄을 떨어뜨리기 때문이었다.

마테오는 집 앞에 군인들이 와 있는 걸 보고 처음에는 자기를 잡으러 왔다고 생각했다. 왜 그런 생각을 했을까? 마테오가 법에 저촉되는 일을 저질렀나? 아니다, 그는 평판이 좋았다. 그는 이른바 '명성이 자자한 사람'이었다. 하지만 그는 코르시카인이고 산사람이었다. 코르시카 산사람들 중에서 기억을 잘 뒤져보면 가벼운 죄, 이를테면 총질이나 칼부림 같은 사소한 불법을 범하지 않은 자들은 거의 없었고 마테오도 예외는 아니었다. 하지만 마테오는 누구보다도 양심이 깨끗한 사람이었다. 10년이 넘도록 사람을 향해서는 총 한 번 겨누지 않았다. 하지만 언제나 그랬던 것처럼 그는 신중했고, 필요하다면 훌륭하게 방어할 태세를 갖추었다.

"여보, 무슨 일인지 모르겠으나 자루를 내려놓고 준비해."

그가 주제파에게 말했다. 아내는 당장 남편의 말에 따랐다. 그는 어깨에 메고 있던 총을 아내에게 건네주었다. 총이 거동을 불편하게 할 수 있기 때문이었다. 그는 손에

든 총을 장전한 다음, 길가에 늘어선 나무들을 따라 집 쪽으로 천천히 걸어갔다. 조금이라도 적대적인 기색이 보이면 재빨리 나무 뒤로 달려가 몸을 숨기고 총을 쏠 생각이었다. 아내는 여분의 총과 탄약 주머니를 손에 들고 그림자처럼 남편의 뒤를 바짝 쫓아 걸었다. 전투가 벌어졌을 때, 남편의 무기에 탄환을 재어주는 것도 코르시카섬에서는 아내의 내조에 속하는 일이었다.

마테오가 방아쇠에 손가락을 댄 채 총을 앞세우고 신중한 걸음걸이로 다가오는 모습을 본 감비는 몹시 곤혹스러웠다.

'만일 마테오가 자네토의 친척이거나 친구라면, 두 개의 총에 실린 그의 총탄들은 여기 있는 사람 중에서 둘은 정확하게 명중시킬 거야. 우체통에 쏙 들어가는 편지처럼 확실하게 말이지. 친척인데도 나를 겨냥할까? 그렇다면…….'

당황해하고 있을 수만은 없었다. 그 혼자 마테오를 향해 걸어가 오래 알고 지낸 사람인 양 친숙하게 자초지종을 이야기하는 것이 좋을 것 같았다. 막상 발을 떼려니 자신과 마테오 사이의 짧은 거리가 끔찍할 정도로 길게 느껴졌다.

"아니, 이게 누군가! 정말 오랜만일세! 그동안 잘 지냈나? 나요, 나, 자네 친척, 감바……."

그가 소리쳤다.

마테오는 아무 대꾸 없이 멈춰 섰고 상대가 말을 하면서 다가올수록 천천히 총대를 세웠다. 그리하여 감바가 그에게 당도했을 때는 총대가 하늘을 향해 있었다.

"안녕한가!"

감바가 손을 내밀며 말했다.

"오랜만이네."

마테오가 짧게 악수하며 답했다.

"잘 있었나! 마침 볼일이 있어서 이곳을 지나가는 길에 잠깐 들렀네. 자네와 사촌 페파—마테오의 아내 주제파의 애칭—의 얼굴이나 좀 보고 가려고 말이야. 오늘 일정이 아주 길었네. 하지만 피곤하다고 불평할 건 없지. 아주 굉장한 걸 얻었거든. 방금 자네토 산피에로를 붙잡았네."

"어머, 잘되었네요!"

주제파가 외쳤다.

"그 사람이 지난주에 우리 집에서 젖 짜는 양을 한 마리 훔쳐갔어요."

그 말은 감바를 기쁘게 했다. 하지만 마테오의 다음 말은 조금 달랐다.

"불쌍한 친구 같으니라고. 얼마나 배가 고팠으면 그랬을까?"

감바는 실망한 표정을 감추며 대꾸했다.

"그 건달 놈은 사자처럼 곤경을 잘 빠져나갔어."

자존심이 좀 상한 감바가 말을 이었다.

"부대원 한 명을 죽였고, 그에 만족하지 않고 샤르동 하사의 팔을 분질렀어. 하지만 그거야 대수로운 일이 아니야. 하사는 프랑스 놈이었을 따름이니. 그다음에는 어찌나 잘 숨었는지 아무리 해도 찾아낼 수가 없었지. 꼬마 포르투나토가 아니었다면 결코 찾을 수 없었을 거야."

"포르투나토가?"

마테오가 외쳤다.

"우리 포르투나토요?"

주제파가 따라 물었다.

"그렇다니까. 자네토가 저기 저 건초 더미에 숨어 있었는데 어린 사촌이 놈의 간계를 알려주었네. 카포랄 아저씨에게 얼른 말해서 포르투나토가 한 일에 대해 선물을 보내주라고 해야겠어. 그리고 아이 이름과 내 이름을 차장 검사에게 보낼 보고서에 함께 올릴 거고."

"빌어먹을!"

마테오가 나지막이 중얼거렸다.

그들은 파견대가 있는 곳으로 갔다. 자네토는 벌써 들것에 눕혀져 출발할 채비가 되어 있었다. 그는 마테오가 감바와 함께 있는 걸 보고 묘한 미소를 지었다. 그리고 고개를 돌려 문턱에 침을 뱉으며 말했다.

"의리를 저버린 배신자의 집에 저주가 있을 것이오!"

오직 죽을 각오를 한 자만이 팔코네에게 이런 말을 할 수 있었다. 이런 말을 들으면 마테오 팔코네의 칼은 그 즉시 상대방을 향해 날아들었기 때문이다. 그러나 마테오는 크게 낙담한 표정을 지으며 자네토의 이마에 손을 얹고 위로했을 뿐 다른 행동은 취하지 않았다.

포르투나토는 아버지가 도착하는 걸 보고 집 안으로 들어갔다. 그는 곧이어 우유 한 사발을 들고 눈을 내리깐 채 자네토에게 우유를 따라주었다.

"저리 비켜!"

자네토가 험악한 목소리로 아이에게 소리쳤다. 그러더니 정예보병대 병사 쪽으로 몸을 돌리고 말했다.

"군인 양반, 마실 것 좀 주구려."

병사는 자신의 물통을 자네토의 양손 사이에 끼워주었다. 좀 전까지 서로 총질을 하며 싸웠던 병사가 건네준 물을 벌컥벌컥 마셨다. 그러고 나서 자기 손을 등 뒤로 묶지 말고 가슴 쪽으로 묶어 달라고 부탁했다.

"이왕 잡혀가는 몸, 편하게 누워 가고 싶소."

병사들은 얼른 그가 요구하는 대로 해주었다. 감바는 출발신호를 내리고 마테오에게 작별을 고했다. 하지만 마테오는 아무 대꾸도 하지 않았다. 병사들은 빠른 걸음으로 평원을 내려갔다.

거의 10여 분이 지나서야 마테오는 입을 열었다. 아이는 불안한 눈빛으로 어머니와 아버지를 번갈아 바라보았다. 자신의 총에 몸을 기대고 서 있던 아버지는 깊이 분노한 표정으로 아이를 노려보았다.

"싹수가 노랗다, 너는!"

마침내 마테오가 차분한 음성으로 말했다. 그러나 그를 아는 자에게는 무시무시한 목소리였다.

"아버지!"

아이는 눈물을 머금은 채 무릎을 꿇으려고 앞으로 나아가며 소리쳤다. 하지만 마테오가 외쳤다.

"멈춰!"

아이는 그 자리에 멈췄고 아버지 뒤로 몇 걸음 물러서서 꼼짝하지 않고 선 채 울음을 터뜨렸다.

주제파가 다가왔다. 그녀는 포르투나토의 셔츠 주머니에서 삐져나온 시곗줄을 발견했다.

"이 시계 어디서 났니? 어서 솔직히 말해봐."

어머니가 엄하게 물었다.

"특무상사 사촌이요."

팔코네는 시계를 빼앗아 돌바닥에 힘껏 내던져 산산조각 내버렸다.

"여보, 이 아이가 내 자식 맞소?"

그가 말했다.

주제파의 갈색 뺨이 갑자기 벽돌처럼 새빨갛게 달아올랐다.

"여보, 어떻게 하려고 그러세요?"

"이놈은 우리 가문에서 처음으로 배신이라는 죄악을 저지른 놈이야."

아이의 울음과 딸꾹질은 더더욱 심해졌고 마테오는 살쾡이 같은 눈빛으로 여전히 아이를 쏘아보고 있었다. 마침내 그는 자신의 총대로 땅바닥을 쿵쿵 쳤다. 그런 다음 어깨에 총을 메고 포르투나토에게 따라오라고 소리를 지르고는 마키 숲으로 향하는 길로 들어섰다. 아이는 순종했다.

주제파는 마테오를 뒤쫓아 달려가 그의 팔을 잡았다.

"이 아이는 당신 아들이에요. 당신 아들……."

그녀는 떨리는 목소리로 말하면서 의중을 헤아리려는 듯 남편의 눈을 뚫어지게 쳐다보았다.

"알고 있소. 나는 이놈의 아비요."

마테오가 대답했다.

주제파는 아들을 안아주고는 울면서 오두막 안으로 들어갔다. 그녀는 성모상 앞에 무릎을 꿇고 엎드려 열렬히 기도했다. 그러는 동안 마테오는 오솔길을 100보쯤 걸어 들어갔고 작은 골짜기에 이르러서야 멈춰 서더니 그 아래로 내려갔다. 그는 총대로 땅을 두드려 무르고 파내기 쉬운 곳을 찾아냈다. 그곳이 그의 계획에 알맞아 보였다.

"포르투나토, 저기 커다란 돌 옆으로 가서 서거라."

아이는 명령대로 했다. 그리고 무릎을 꿇고 다시 한번 애원했다. 하지만 아무런 소용이 없었다.

"어서 기도를 마치거라."

"아버지, 아버지, 제발 살려주세요."

"기도하라니까!"

마테오가 무섭게 되풀이했다.

아이는 더듬거리고 울면서 사도신경을 외웠다. 아버지는 기도문 끝마다 큰 소리로 '아멘'을 외쳤다.

"그게 네가 알고 있는 기도문 전부냐?"

"아버지, 아베 마리아랑 아주머니가 가르쳐주신 연도도 알고 있어요."

"그 기도는 길기는 하지만 한번 외워보려무나."

아이는 꺼져 들어가는 음성으로 기도를 다 외웠다.

"끝났냐?"

"아! 아버지, 은총을 베풀어주세요! 용서해주세요! 다시는 배신하지 않을게요! 사촌 카포랄에게 열심히 부탁해서 자네토가 용서받게 할게요."

아이는 계속해서 말했다. 마테오는 총을 장전하고 아이에게 겨누며 말했다.

"하느님이 너를 용서해주기를 기도하마!"

아이는 필사적으로 몸을 일으켜 아버지의 무릎을 붙잡으려 했다. 하지만 시간이 없었다. 마테오의 총에서 불이 뿜어져 나왔고 꼬마 포르투나토의 몸은 땅에 나뒹굴었고 점점 굳어졌다.

마테오는 시체에 눈길 한 번 주지 않고 아들을 땅에 묻기 위한 삽을 가지러 왔던 길을 되돌아 집으로 갔다. 몇 걸음 가지 않아 그는 주제파와 맞닥뜨렸다. 총소리를 듣고 달려오던 중이었다.

"아니, 당신 도대체 무슨 일을 저질렀어요?"

그녀가 소리 질렀다.

"심판을 했을 뿐이오."

"아이는 어디 있어요, 아이는?"

"골짜기에. 곧 땅에 묻어줄 거요. 아이는 기독교인으로서 기도하고 죽었소. 미사도 올려줄 것이오. 사위 티오도르 비앙키에게 연락해서 우리 집에 와서 살라고 하시오."

일르의 비너스

나는 카니구(피레네 산맥 동쪽 끝에 있는 산) 산의 마지막 작은 등성이를 내려가고 있었다. 해는 이미 기울었지만, 평원에 펼쳐진 일르 마을의 집들을 알아볼 수 있었다. 나는 목적지인 마을을 향해 발길을 옮겼다.

"자네, 페레오라드 씨 댁이 어딘지 알고 있나?"

나는 전날부터 길잡이를 맡아준 카탈루냐 사람에게 물었다.

"알다마다요! 그 양반 집 위치는 내 집처럼 훤히 알고 있죠. 날이 이렇게 어둡지만 않았으면 어딘지 가리킬 수도 있어요. 일르에서 가장 아름다운 집이니까요. 아무렴요, 페르오라드 씨는 돈이 많거든요. 게다가 그 아들을 자기보다 더 돈이 많은 부잣집 딸과 결혼시킨답니다."

"결혼식이 열리나?"

내가 물었다.

"곧 열리죠! 결혼식을 위한 바이올린 연주자들도 벌써 초청되었을 거예요. 오늘 저녁 아니면 내일이나 모레 올 겁니다. 확실히는 모르지만요. 결혼식은 퓌가리그에서 할 거래요. 아들이 결혼할 여자가 퓌가리그 아가씨라죠. 굉장히 거창한 결혼식일 겁니다. 암요!"

친구 드 페가 나를 페르오라드 씨에게 추천했다. 친구에 따르면, 페르오라드 씨는 박식한 고고학자로 호의 넘치는 사람이란다. 10리 밖에 흩어져 있는 유적지들을 기꺼이 안내해줄 수 있다고도 했다. 그렇지 않아도 그의 힘을 빌리면 고대와 중세 기념물이 많은 일르 인근 지역들을 돌아볼 수 있으리라 기대하고 있던 참이다. 하지만 이 모든 계획이 방금 들어 알게 된 결혼식으로 인해 차질을 빚을 것만 같았다.

'어쩌면 내가 결혼식을 방해하는 것인지도 모르지.'

하지만 나의 방문은 예정되어 있었다. 드 페가 이미 말해두었기 때문에 나는 반드시 가야만 했다.

"나리, 내기 하나 합시다."

우리가 이미 평원으로 들어섰을 때, 길잡이가 내게 말했다.

"나리가 페르오라드 씨를 만나 무슨 일을 하실 건지 제가 알아맞히면 담배 한 대를 주십시오."

"하지만……."

나는 그에게 담배를 건네며 대답했다. "그건 그리 어려운 짐작이 아닐세. 지금 이 시각에 카니구 산을 넘었으니 이제 할 일이란 저녁을 먹는 일밖에 더 있겠나."

"그렇죠, 하지만 내일은요? 분명 나리는 그 동상을 보려고 일르에 오신 겁니다. 나리께서 세라보나 성인들의 초상화를 그리는 걸 보고 대강 짐작했어요."

"동상을 보러 왔다고, 내가?"

동상이라는 말에 나는 호기심이 일었다.

"저런! 페르피냥에서 얘기 못 들었어요? 페르오라드 씨가 흙에서 그 동상을 어떻게 찾아냈는지?"

"점토로 된 테라코타 조각이라도 찾아냈다는 건가?"

"그거 말고요. 청동으로 된 거예요. 꽤 값이 나갈 것 같은 물건이었어요. 성당의 종만큼이나 무거웠거든요. 올리브 나무 아래 땅속에 있던 것을 우리가 캐냈죠."

"그러니까 동상을 발굴하던 현장에 자네도 있었단 말인가?"

"그렇죠. 2주일 전에 페르오라드 씨가 장 콜과 저를 찾아와서 올리브 나무의 뿌리를 좀 뽑아달라는 거예요. 나무가 얼어 죽었다고 하면서요. 아시다시피 작년에 날씨가 지독하게 춥긴 했지요. 그래서 장 콜이 곡괭이질을 하고 있는데, 갑자기 뎅- 하는 소리가 들렸어요. 마치 종이라도 친 것처럼 말이죠. '이게 뭐지?' 하면서 우리는 계속해서 땅을 팠죠. 그랬더니 시커먼 손 하나가 툭 나타났는데, 마치 시체의 손 같았어요. 나는 더럭 겁이 났죠. 그래서 주인에게 달려가서 '시체예요, 주인님, 올리브 나무 밑에서 나왔어요! 사제님을 불러야 해요'라고 말했죠. 그러자 주인이 '무슨 시체?'라고 하면서 와 봤지요. 주인은 손을 보자마자 대뜸 소리를 질렀어요. '고대 유물이다! 고대 유물!' 이렇게요. 마치 보물이라도 발견한 것 같았다니까요. 그러더니 직접 곡괭이를 손에 쥐고 소란을 피우며 우리 두 사람보다도 더 열심히 흙을 마구 파내시더라고요."

"그래서 대체 뭐가 나왔단 말인가?"

"커다란 검은 여자 동상인데, 이런 말씀 드리긴 뭐하지만 반 이상이 나체이고 완전 청동으로 된 비너스 동상이었어요. 페르오라드 씨의 말로는, 그게 이교도인들의 시대……, 샤를마뉴 시대라나 뭐라나 그때 야만인들이 믿던 우상이라더군요."

"대충 뭔지 알겠네. 수도원 폐허에서 나온 청동 마리아상인 것 같아."

"마리아상이라고요? 그럴 수도 있겠지만, 그게 마리아상이었다면 제가 못 알아보았을 리 없었을 텐데요. 말씀드렸지만 모습이 비너스였다니까요. 크고 흰 두 눈으로 우리를 빤히 쳐다보고 있었어요. 마치 상대의 얼굴을 뚫어지게 노려보는 거 같았다니까요. 그래서 그걸 똑바로 볼 수가 없어서 우린 고개를 돌리고 말았어요."

"흰 눈이라고 그랬나? 그렇다면 그 두 눈은 아마 청동에 박아 넣은 게 틀림없네. 어쩌면 로마 시대의 작품일 수도 있겠군."

"로마 시대 작품이라고요? 그래요. 페르오라드 씨도 그게 로마 시대 거라고 했어요. 아! 나리도 페르오라드 씨처럼 박사시군요."

"그 청동상은 어디 잘려 나간 데 없이 온전하던가? 보존이 잘되어 있던가?"

"아! 그럼요, 아무것도 빠진 게 없었어요. 시청에 있는 루이-필립의 회반죽 흉상보다 훨씬 더 아름답고 훌륭했어요. 그런데도 그 동상의 얼굴이 이상하게 안 떠올라요. 그때도 뭔가 불길한 기운이 느껴졌고……, 실제로도 불길한 일이 있었어요."

"불길한 일이라니! 그 조각 때문에 자네에게 무슨 일이라도 일어났단 말인가?"

"딱히 저한테 일어난 것은 아니지만……. 왜 제가 그렇게 생각하는지 이야기를 들어보시면 알 겁니다. 그때 우리는 간신히 힘을 모아 동상을 일으켜 세우려고 했어요. 페르오라드 씨도 밧줄을 잡아당겼죠. 비록 암탉만큼의 힘도 없는 고귀한 양반이었지만 열심히 힘을 합쳐 동상을 똑바로 세웠어요. 저는 동상의 수평을 맞춰 고정하려고 기왓조각을 주워 모으고 있었는데, 그때 쿵 하면서 동상의 몸체가 완전히 뒤로 넘어졌어요. '조심해!'라고 소리쳤지만 이미 늦었어요. 장 콜이 다리를 빼낼 시간이 없었던 거예요."

"그래서 그자가 다쳤나?"

"장 콜의 다리가 나무토막처럼 완전히 부서졌어요! 가엾어라! 그걸 보자 화가 났죠. 나는 곡괭이로 조각을 부숴 버리고 싶었지만 페르오라드 씨가 말렸어요. 주인이 보상해주긴 했지만, 장 콜은 사고가 나고 2주일이 지났는데도 아직 자리에 누워 있어요. 정말 안됐어요! 장 콜은 우리 마을 최고의 달리기 선수였고 주인댁 아드님 다음가는 스쿼시 선수였는데……. 알퐁스 드 페르오라드 도련님도 자신에게 필적할 만한 유일한 선수를 잃었다고 안타까워했어요. 두 사람이 서로 볼을 받아치는 모습은 정말 멋졌어요. 서로 팍팍 맞받아칠 때면 볼이 한 번도 땅에 떨어지질 않는다니까요."

그렇게 이야기를 나누다 보니 우리는 어느새 일르 마을에 도착했고, 나는 곧 페르오라드 씨를 마주하게 되었다. 그는 작은 키의 노인으로 심신이 거뜬하고 분도 바르고 붉은 코에 농담도 잘하는 쾌활한 성격이었다. 친구인 드 페 씨의 소개장을 열어보기도 전에 잘 차려진 식탁 앞으로 데리고 가서 자신의 아내와 아들에게 저명한 고고학자라며 나를 소개했다. 학자들의 무관심으로 버려져 잊힌 루씨용(스페인과의 국경 부근인 피레네 산맥 동쪽에 위치한 남프랑스 지역의 옛 명칭)을 기억으로 소환해낼 학자가 왔다면서 말이다.

산악 지방의 신선한 공기 탓인지 저녁식사는 아주 맛있었고, 나는 식사하면서 집주인 식구들을 유심히 살펴보았다.

페르오라드 씨에 대해서는 앞서 설명했지만, 사람이 활기 그 자체였다는 점을 덧붙여야 한다. 그는 이야기하면서 밥을 먹다가 갑자기 일어서서 서재로 달려가더니 나에게 책을 가져다주었고, 판화들을 보여주며 술을 따라주었다. 한시도 가만있지 않았다. 40줄에 들어선 대부분의 카탈루냐 여자들처럼 약간 뚱뚱한 그의 아내는 오로지 집안 일만 돌보는 전형적인 시골 아낙네였다.

저녁식사는 아직도 여섯 명은 더 먹을 수 있을 만큼 남아 있었지만 부엌으로 달려가 산비둘기를 잡아 밀리아스(옥수수로 만든 과자)를 튀기고 다양한 잼의 뚜껑을 새로 열었다. 순식간에 식탁은 접시와 술병으로 꽉 차서, 권하는 음식만 맛보아도 소화불량에 걸릴 것만 같았다. 그렇지만 내가 요리를 거절할 때마다 변변치 않다며 사과했다. 내가 일르 지방에서 불편해할까 봐 걱정했던 것이다. 시골에는 변변한 식재료가 없고, 파리 사람들은 그렇게나 까다롭다고 하면서!

부모가 분주하게 왔다 갔다 하는 동안, 아들인 알퐁스 드 페르오라드는 마치 테름(고대에 조각된 남성의 상반신 흉상)처럼 조금도 움직이지 않았다. 그는 스물여섯 살의 키가 큰 젊은이로, 아름답고 반듯한 용모였으나 얼굴에는 표정이 없었다. 건장한 키와 몸매는 그 지역에서 지칠 줄 모르는 스쿼시 선수로 통하는 그의 명성을 충분히 입증했다.

그날 저녁 그는 《주르날 데 모드》라는 패션지의 최근 화보에 나온 판화와 똑같은 옷을 입고 우아한 모습으로 나타났다. 하지만 본인은 불편한 듯 보였다. 벨벳으로 만든 옷깃이 목에 꽉 끼어서인지 마치 말뚝처럼 꼿꼿했고 목을 움직일 때도 몸 전체를 돌려야만 했다. 구릿빛의 두툼한 손과 짧은 손톱은 그가 입고 있는 옷과 잘 어울리지 않았다. 그것은 도시의 멋쟁이가 걸친 신사복 밖으로 시골 농부의 손이 불쑥 삐져나와 있는 모양새였다. 게다가 파리 사람이라는 이유로 나를 머리부터 발까지 호기심 가득한 눈으로 관찰하더니 저녁 내내 오직 단 한 번만 나에게 말을 걸었다. 내 시곗줄을 어디서 샀느냐는 질문이었다.

"아, 이보시오! 친애하는 손님."

페르오라드 씨는 저녁식사가 끝나갈 무렵 나에게 말했다.

"선생은 이제 우리 집에 오셨으니 우린 식구나 다름없습니다. 이곳 산악 지방에 흩어져 있는 신기한 것들을 모두 살펴볼 때까지 절대 순순히 돌려보내 드리지 않을 겁니다. 우리 고향 루씨용을 알아보고 그 장점을 인정해주셔야 합니다. 이제 보게 될 모든 것을 절대로 의심해서는 안 됩니다. 페니키아, 켈트, 로마, 아라비아, 비잔틴의 유물 등등 우리 지방에는 모든 유물이 가득합니다. 어디라도 모시고 가서 삼나무부터 작은 식물 한 포기, 벽돌 한 장까지 모두 보여드릴 겁니다."

갑자기 기침하는 바람에 그는 말을 멈춰야 했다. 그 틈을 이용해 나는, 집안에 그토록 중요한 행사가 있는데 방해가 될까 걱정이라고 말했다. 내가 돌아다녀야 할 곳에 대해 상세히 조언해준다면 굳이 동행해주지 않아도 혼자 다닐 수 있다는 뜻을 전했다.

"아! 이 아이 결혼식 말씀인가요?"

그는 내 말을 가로막으며 말했다.

"쓸데없는 소리! 식은 내일모레 있을 거요. 선생도 가족으로 우리와 함께 식에 참석하게 될 겁니다. 며느리가 될 아이가 유산을 물려받기로 한 친척이 돌아가셔서 지금 상중(喪中)이에요. 그래서 파티도 못 하고, 무도회도 없어요. 유감이죠. 우리 카탈루냐 여자들의 춤을 좀 보셔야 하는데……. 카탈루냐 여자들이 얼마나 예쁜 줄 몰라요. 그걸 보면 내 아들 알퐁스처럼 결혼하고 싶은 마음이 생길지도 모르죠. 결혼이 또 다른 결혼을 낳는다고들 하잖소.

토요일에 젊은 애들이 결혼식을 치르고 나면 나는 자유로워져요. 그러면 우리는 출발하는 겁니다. 지루한 시골 결혼식에 참석하라고 해서 죄송합니다. 파티라면 신물이 났을 파리 사람에게 말이오. 게다가 무도회도 없으니! 그렇지만 신부를 보게 될 겁니다. 신부를……. 신부에 대한 감상도 들려주시오. 하기야 선생은 점잖은 분이시니 이성에는 관심이 없으시겠죠. 그보다 더 좋은 걸 보여드리겠습니다. 아주 대단한 걸 보여주리다! 내일이면 선생은 아마 깜짝 놀라실 거요."

"이런 세상에!"

내가 말했다.

"사람들 모르게 집 안에 보물을 가지고 있는 건 어려운 일입니다. 내일 보여주신다는 그 놀라운 게 뭔지 짐작할 것 같군요. 그것이 동상 이야기라면, 내 길잡이가 해준 설명으로 이미 내 호기심을 부추겨놓아 감탄할 마음의 준비가 되어 있을 따름입니다."

"아! 그 사람이 벌써 말했군요. 사람들은 나의 아름다운 비너스를 꼭 동상이니 여신상이니 부릅니다. 하지만 지금은 아무 말도 하고 싶지 않아요. 내일 날이 밝으면 보여드리겠습니다. 보시고 그걸 걸작으로 여기는 내가 옳은지 아닌지 말씀해주시오. 맞아요! 선생은 참 기가 막히게도 때를 잘 맞추어 오셨어요. 거기에 뭔가 글자가 새겨져 있는데, 나야 한심한 문외한이니 내 식대로 설명하지만 선생은 파리의 학자시니 아마도 나의 해석을 조롱하실 겁니다. 내가 보고서를 하나 썼거든요. 시골의 늙은 아마추어 고고학자가 과감하게 뛰어든 거지요. 이 보고서를 정리해 출간하고 싶어요. 선생이 읽고 고쳐주신다면 기대해볼 수 있을 겁니다. 예컨대 선생이라면 그 받침대에 새겨진 'CAVE'라는 글자를 어떻게 해석할지 아주 궁금합니다. 하지만 아직은 더 묻고 싶지 않아요! 내일, 그래요, 내일 더 이야기하기로 하죠! 오늘은 비너스에 대해 더는 이야기하지 않겠습니다."

"맞아요, 동상 얘기는 그만 좀 하세요."

이때 그의 아내가 나서서 말했다.

"손님이 식사를 못 하시잖아요. 게다가 저분은 파리에 계시니 당신 동상보다 훨씬 아름다운 조각상을 많이 보셨을 거예요. 튈르리 공원에만도 청동으로 된 게 열두어 개는 있잖아요."

"허참, 이런 무식한 여자가 있나. 한심한 시골 무식쟁이 같으니!"

페르오라드 씨가 말을 가로막았다.

"경탄스러운 고대의 조각상을 쿠스투(18세기 프랑스의 조각가)의 평범한 조각들에 비교하다니!"

경솔하고 무모하도다, 여인이여
그대가 신들의 이야기를 하다니
(몰리에르의 희곡 《암피트리온》에 나오는 대사)

페르오라드는 라틴어를 하고는 다시 대화를 이어갔다.

"선생, 글쎄 이 마누라가 내 청동상을 녹여 교회의 종을 만들자고 했다니까요. 아내는 교회의 대모를 맡고 있거든요. 하지만 감히 뮈론(기원전 5세기의 그리스 조각가)의 걸작을!"

"걸작! 걸작! 그 동상이 아주 걸작을 만들긴 했죠! 사람

다리를 부숴놓았으니!"

"여보, 이거 보이지?"

페르오라드 씨는 중국산 실크 양말을 벗어 자기 오른 발을 아내에게 내밀며 단호하게 말했다.

"나의 비너스가 이 다리를 부숴버렸다 해도 나는 동상을 원망하지 않았을 거야."

"맙소사! 페르오라드, 어떻게 그런 말을 할 수 있어요! 그 사람이 나아지고 있으니 천만다행이지. 어쨌든 나는 그런 불행을 일으킨 동상을 좋은 감정으로 볼 수가 없어요. 가엾은 장 콜!"

"비너스에게 상처를 입다니."

페르오라드가 크게 웃으며 말했다.

"천민이 비너스에게 상처를 입고 불평을 늘어놓는구나."

너는 비너스가 준 선물을 알지 못하도다

(베르길리우스의 서사시 《아이네이스》의 한 구절)

"비너스에게 상처받지 않은 사람이 있었던가?"

아들인 알퐁소는 라틴어를 몰라 어리둥절하고 있다가 아버지가 프랑스어로 말하자 이젠 알아듣겠다는 표정을 지으며, 마치 '파리에서 온 당신은 이해하세요?'라고 묻듯이 나를 바라보며 눈을 끔벅거렸다.

저녁식사는 그렇게 끝났다. 대화가 오간 한 시간 동안 나는 아무것도 입에 대지 않았다. 고단했기 때문에 빈번하게 쏟아져 나오는 하품을 감출 길이 없었다. 페르오라드의 아내가 먼저 내 모습을 알아채고는 이제 자야 할 시간이라고 말했다.

그러자 내가 들게 될 누추한 잠자리에 대한 사과가 이어졌다. 파리 같지 않을 거라고, 지방에서는 그렇게나 불편하다고, 루씨옹 사람들을 관대하게 봐줘야 한다고! 산길을 한참 걸어온 뒤라 짚단 위에서도 단잠을 이룰 거라고 아무리 항변해도 소용없었다.

루씨옹 사람들의 고집은 대단했다. 원했던 만큼의 대접을 못 받았더라도 불쌍한 시골사람들이라 생각하고 너그럽게 봐달라면서 물러서지 않았다. 마침내 나는 페르오라드 씨와 함께 나에게 배정된 방으로 올라갔다. 층계 상판이 목재로 된 계단을 올라가니 복도가 나왔고 그곳에 여러 개의 방이 있었다.

“오른쪽은 장차 알퐁스의 아내가 될 며느리를 위해 준비해둔 방이죠.”

집주인이 말했다.

“선생님 방은 복도 끝의 맞은편 방입니다.”

그러고는 세심한 태도로 덧붙였다.

“신혼부부와 떨어져 있어야 편하실 겁니다. 선생님은 저쪽 끝, 아들 내외는 이쪽 끝, 이렇게 말이오.”

우리는 가구가 잘 마련된 방으로 들어섰다. 맨 처음 눈에 띈 것은 일곱 자 길이에 폭이 여섯 자나 되는 침대였다. 그런데 너무 높아서 침대에 올라가려면 작은 걸상이 필요할 듯했다. 집주인은 초인종 위치를 알려주면서 설탕통이 가득 차 있는지, 또 오드콜로뉴(독일 쾰른에서 나는 광천수)가 화장실에 제대로 있는지 직접 확인했다. 그러고도 뭐 부족한 게 없냐고 여러 차례 물어본 다음에야 잘 자라고 인사하면서 물러갔다.

창문들은 닫혀 있었다. 나는 옷을 벗기 전에 신선한 밤

공기를 마시려고 창문 하나를 열었다. 긴 식사 후의 향긋한 공기였다. 정면에 카니구 산이 보였다. 언제나 감탄스러운 모습이었지만 그날 저녁은 휘황찬란한 달빛을 받아 세상에서 가장 아름답게 보였다. 나는 잠시 그 경이로운 산의 윤곽을 바라보고 있었다.

창문을 닫으러 갔다가 아래로 눈을 돌렸는데 집에서 40미터쯤 떨어진 지점에서 받침대 위에 있는 동상을 발견했다. 그것은 산울타리 모서리에 자리하고 있었다. 산울타리를 경계로 작은 정원과 완벽하게 다져진 정방형의 넓은 땅이 나뉘었다. 나중에 알게 되었는데, 그 땅이 마을의 스쿼시 구장이었다. 페르오라드의 소유지인 그곳은 아들의 강력한 권고에 따라 페르오라드 씨가 시에 기증한 것이었다.

내가 있던 자리에서는 멀리 떨어져 있었기 때문에 동상의 자태를 구별하기가 어려웠다. 그 높이만 짐작해볼 수 있었는데 여섯 자 정도 되어 보였다.

바로 그때, 마을 청년 두 명이 스쿼시 구장에 모습을 드러냈다. 산울타리 아주 가까이에 있던 그들은 루씨옹 지방의 즐거운 민요인 '카니구 산의 물줄기'를 흥얼거리고 있었다. 그들은 동상을 보려고 멈춰 섰다. 한 사내는 소리 높여 말을 걸기까지 했다. 카탈루냐어로 말하고 있었지만, 꽤 오랫동안 루씨옹 지방에 머물렀던 나는 그가 하는 말을 어느 정도 이해할 수 있었다.

"아! 너 여기 있구나, 더러운 년(카탈루냐 말로는 더 심한 욕이었다)! 여기 있었어!"

그가 말했다.

"그러니까 네가 장 콜의 다리를 부러뜨렸구나! 내가 있었으면 네 목을 부러뜨렸을 거야."

"칫! 무엇으로?"

다른 청년이 말했다.

"저건 청동으로 만든 동상인걸? 에티엔도 거기에 상처를 내려다가 공연히 칼날만 버렸어. 옛날 이교도들 시절에 만들어진 청동 조각이더라고. 잘은 모르겠지만 아주 단단한 모양이야."

"그래? 잘 만든 정만 있었어도(그는 철물 견습공으로 보였다) 당장 저년의 흰 두 눈을 아몬드 껍질 벗겨내듯 뽑아버릴 수 있을 텐데. 그리고 한 10수 정도 받고 넘겨버리는 거야."

이야기를 들으니 그는 열쇠공인 것 같았다. 그들은 몇 걸음 뒤로 물러났다.

"우상에게 잘 자라는 인사나 해야겠다."

키가 좀 더 큰 견습공이 가던 길을 갑자기 멈추며 말했다. 그는 몸을 숙이더니 돌멩이 같은 걸 집어 들었다. 그가 팔을 벌려 뭔가 던지는 모습이 보였고 곧이어 청동 조각이 낭랑하게 울리는 소리가 들렸다. 동시에 그 견습공은 자기 손을 머리 위에 갖다 대며 고통스러운 듯 비명을 질렀다.

"저게 나한테 돌을 도로 던졌어!"

그러고 나서 두 부랑아는 걸음아 날 살리라고 줄행랑을 쳤다. 분명 청동에 부딪힌 돌멩이가 다시 튕겨, 여신에게 부린 모욕을 벌했던 것이리라.

나는 고소하다고 생각하며 창문을 닫았다.

"또 한 명의 반달인(문화와 예술을 파괴하는 야만인에 대한 암시)이 비너스의 벌을 받았군! 우리의 오랜 기념물들을 파괴하는 자도 모두 저렇게 벌을 받았으면 좋겠어!"

나는 그런 자비로운 소원을 빌며 잠에 빠져들었다.

"자, 일어나요, 파리 양반! 도시 사람은 정말 게으르군!"

내가 서둘러 옷을 입는 동안 집주인이 말했다.

"8시인데 아직도 침대에 있다니! 나는 6시부터 일어나 있었소. 벌써 세 번째 여기 올라왔어요. 발꿈치를 들고 선생 방 앞에 다가섰지만, 어떤 소리도 들리지 않더군. 선생 나이에 너무 오래 자는 건 몸에 좋지 않아요. 그리고 나의 비너스를 아직도 못 봤잖소! 자, 어서 이 바르셀로나 잔에 담긴 초콜릿 차를 드시오. 이거 진짜 밀수품이오. 파리에서도 구하기 힘든 초콜릿이지. 힘을 비축하시오. 나의 비너스 앞에 섰을 때 아무도 못 빠져나오니까요."

나는 5분 만에 준비를 마쳤다. 대충 면도하고 옷의 단추도 대강 채우고 후후 불며 마신 초콜릿 차에 입을 데면서 말이다. 나는 정원으로 내려가 아름다운 그 동상 앞에 섰다.

그것은 진정 경이롭고 아름다운 비너스였다. 고대인 대부분이 위대한 여신들을 재현한 방식으로 상체는 벗은 모습이었다. 가슴 높이로 치켜든 오른손은 살며시 접어 손바닥을 안으로 돌리고 있었고, 엄지손가락, 집게손가락, 가운뎃손가락은 펼치고 나머지 두 손가락은 가볍게 접어 사과를 하나 쥐고 있었다. 엉덩이 가까이에 둔 왼손은 하반신을 덮고 있는 주름진 옷자락을 살며시 잡고 있었다.

그와 같은 동상의 자세는 상대편이 내미는 손가락 수를 알아맞히는 놀이를 떠올리게 했다. 왜인지는 모르겠지만 그 놀이에는 게르마니쿠스의 이름이 덧붙여져 있다. 이 동상은 어쩌면 그 놀이를 하는 여신을 재현하고 싶었는지도 모른다.

어쨌거나 이 비너스보다 더 완벽한 동상은 다른 곳에서는 찾을 수 없을 것 같았다. 몸의 윤곽선은 그윽하면서도 풍만했다. 흘러내리는 옷자락은 우아함과 고상함 그 자체였다.

동로마 제국 후기의 그렇고 그런 조각을 예상했는데, 전혀 아니었다. 내 눈앞에 있는 청동상은 조각술이 최고였던 시대의 걸작이었다. 무엇보다 놀라웠던 것은 몸의 각 부위가 보여주는 은은한 사실성이었는데, 조각 형태는 마치 살아있는 사람을 그대로 본떠 만든 것처럼 믿어질 정도였다. 그처럼 완벽한 사람이 실제로 존재한다면 말이다.

이마 위로 올린 머리카락은 예전에는 금빛으로 칠했던 것처럼 보였다. 거의 모든 그리스의 조각들처럼 작은 머리는 거의 눈에 안 띌 정도로 살짝 앞으로 기울어져 있었다. 얼굴에 대해 말하자면, 그 이상야릇한 특징은 결코 제대로 표현할 수가 없다. 얼굴 모양은 내가 기억하는 그 어떤 고대 조상과도 닮지 않았다. 틀에 박힌 방식으로 이목구비 모두에 위엄 있는 부동성을 부여하던 그리스 조각들의 고요하고 엄격한 아름다움이 결코 아니었다.

놀랍게도 이 동상에서는 고약하기까지 한 어떤 심술궂음을 표현하려는 예술가의 노골적인 의도가 관찰되었다. 이목구비가 모두 조금씩 일그러져 있던 것이다. 눈은 살짝 비스듬했고, 입은 양 끝이 들려 있고, 콧구멍은 약간 벌어져 있었다. 믿을 수 없을 정도로 아름다운 얼굴이었으나 거기에서 경멸, 빈정거림, 잔혹함이 읽혔다. 사실, 그 놀라운 조각상을 바라볼수록 그토록 경이로운 아름다움이 어떻게 그런 냉정함과 조화를 이룰 수 있을까 하는 곤혹스러운 기분이 들었다.

"설마 신이 이런 여자를 만들어내지는 않았겠지만."

나는 페르오라드 씨에게 말했다.

"만일 이런 여자가 실제로 있었다면 그녀의 애인들이 불쌍하다는 생각이 듭니다. 그 여자는 애인들이 절망으로 죽어가는 일을 즐겼을 겁니다. 가혹한 뭔가가 있는 표정인데도 이렇게 아름다운 조각상은 한 번도 본 적이 없습니다."

비너스 여신이여, 그대는 온몸으로 사랑하는 남자를 사로잡았노라

(라신의 《페드르》에 나오는 대사)

페르오라드 씨가 나의 감동에 만족하며 크게 외쳤다.

빈정거리듯 사악한 표정은 은을 박아 넣어 매우 빛나는 두 눈과 세월의 힘으로 거무스름해진 녹색 받침대의 대조로 한층 더해졌다. 번쩍이는 두 눈은 현실, 곧 생명을 환기하는 어떤 환영을 만들어냈다. 조각상을 바라보자 나

는 조각이 자신을 쳐다보는 사람이 더는 똑바로 마주 보지 못하고 고개를 돌리게 한다던 길잡이의 말이 떠올랐다. 맞는 말이었다. 나 또한 이 청동으로 만든 동상 앞에서 뭔가 불편해졌고 나 자신에게 분노가 치솟는 것을 어찌할 수가 없었다.

집주인이 다시 입을 열었다.

"자, 이제 이 작품에 대한 모든 미학적인 부분을 감상했으니, 고대 미술품을 좋아하는 동료로서 학술대회라도 펼쳐봅시다. 그런데 선생께서 아직 전혀 주의를 기울이지 않는 이 글자에 대해 어떻게 생각하세요?"

나는 그가 가리키는 조각상 받침대에서 다음과 같은 글자를 읽었다.

"CAVE AMANTEM."

"어떻게 생각하시죠?"

그는 두 손을 부비며 박사학위심사를 할 때 심사위원들이 하는 말을 흉내 내어 말하더니, 내 답은 듣지도 않은 채 바로 이어 덧붙였다.

"이 '카베 아만템'이라는 글자를 해석하는 데 우리 두 사람이 의견의 일치를 보여야겠죠!"

내가 입을 열었다.

"아, 여기에는 두 가지 의미가 있지요. '너를 사랑하는 사람을 조심하라' 혹은 '너의 연인들을 경계하라'라고 해석할 수 있어요. 하지만 카베 아만템이 라틴어로 완전히 좋은 표현이라고는 할 수 없다는 문제가 있어요. 그래서 여인의 악마적인 표정을 고려해서 다시 해석하면 차라리 저는 조각가가 조각을 보는 사람들에게 이 끔찍한 아름다움을 경계하라는 뜻, 즉 '조각이 그대를 사랑할 때 조심하라'라는 뜻으로 새긴 게 아닐까 싶군요."

"흠!" 못마땅한 듯 페르오라드 씨가 헛기침을 한 후 말했다.

"아, 기막힌 뜻이 있었군요. 그런데 나는 뭐, 그렇다고 불쾌해하지는 마시고, 나는 첫 번째 해석이 더 마음에 듭니다. 그게 내가 했던 해석이기도 하고요. 선생은 비너스의 연인을 알죠?"

"여러 명 있었지요."

"그렇죠, 하지만 첫 번째 연인은 불카누스였죠. 그러니까 이런 의미가 아닐까요? 신화를 보면 '너의 미모, 너의 거만한 태도에도 불구하고 너는 대장장이에 추악한 절름발이를 연인으로 갖게 되지 않았느냐?'라고 해요. 말하자면, 교태부리는 여자들에게 주는 의미 깊은 교훈인 거죠! 어떻게 생각하시오, 선생?"

나는 미소를 짓지 않을 수 없었다. 그 설명은 너무나 억지스러웠기 때문이다.

"라틴어는 그 간결함 때문에 아주 고약한 언어지요."

나는 그의 생각을 정면으로 반박하지 않으려고 조심했다. 그리고 조각상을 관조하기 위해 몇 걸음 뒤로 물러섰다. 그러자 페르오라드 씨가 나를 붙잡아 막아서며 말했다.

"아직 다 보지 않았어요. 다른 글자가 또 새겨져 있어요. 받침대 위로 올라서서 오른팔을 보세요."

그는 나를 부축해 받침대 위로 올라가게 했다. 달리 방법이 없어서 많이 보아온 탓에 조금 친숙해진 비너스의 목을 부둥켜안을 수밖에 없었다. 그렇게 여신상의 코를 올려다보는 위치에서 잠시 얼굴을 쳐다보았는데, 가까이에서 보니 더 고약해 보이면서 동시에 훨씬 더 아름다웠다.

그리고 나서 나는 팔 위에 새겨진, 고대의 필기 서체로 보이는 글자 몇 개를 알아보았다. 안경의 힘에 의지하여 다음과 같은 철자들을 읽어냈다. 페르오라드 씨는 내가 글자를 발음해나갈 때마다 몸짓과 소리로 동의해가며 하나하나 따라 적었다. 그렇게 해서 나온 글귀는 다음과 같은 것이었다.

VENERI TVRBVL
EVTYCHES MYRO
IMPERIO FECIT

첫 줄의 TVRBVL 다음에는 다른 글자들이 몇 개 더 있었는데 지워져서 읽을 수가 없었다. 반면 TVRBVL까지는 분명하게 나타나 있었다.

"무슨 뜻일까요?"

집주인은 반가운 표정이 역력하면서도 입가에 야릇한 미소를 띤 채 물었다. 내가 TVRBVL의 뜻을 잘 해석해낼지 의심하는 미소였다.

내가 말했다.

"단어 하나는 아직 설명이 안 되네요. 하지만 나머지는 모두 그리 어렵지 않군요. '엘리우테루스 미론이 여신의 명령을 받아 이 선물을 바쳤다'라는 뜻입니다."

"정말 훌륭하오. 하지만 TVRBVL은 어떻게 받아들여야 죠? TVRBVL은 대체 무슨 뜻이죠?"

"TVRBVL이 문제인데, 저로서도 몹시 곤혹스럽네요. 비너스에 관해 알려진 여러 수식어 중에서 도움이 될 만한 것을 찾고 있긴 한데 별 소득이 없네요. TVRBVLETA는 어떨까요? '혼란을 일으키는', '불안하게 하는'……. 제가 늘 비너스에 관한 좋지 않은 표현에 몰두했다는 걸 알고 계실 겁니다. TVRBVLETA는 비너스를 위한 수식어로 그렇게 나쁜 게 절대 아닙니다."

나는 겸손한 태도로 말을 덧붙였다. 나 역시 그 설명에 크게 만족스럽지 않았기 때문이다.

"혼란을 일으키는 비너스! 불안하게 하는 비너스라니! 아! 선생은 그러니까 나의 비너스가 떠들썩한 선술집에 있는 비너스라고 생각하시오? 전혀 그렇지 않소, 선생. 내가 찾아낸 비너스는 고상한 장소에 놓여 있던 비너스가 틀림없어요. 어쨌든 그 TVRBVL에 대한 내 해석도 한 번 들어보세요. 그 전에 한 가지 약조해주셔야 할 게 있는데, 내 논문이 발표되기 전까지는 내가 비너스를 발견한 것을 어디 가서 누설하지 않겠다고 약조해주시오. 왜냐하면 이 발견이야말로 고고학자로서 내 명예가 걸린 문제니까요. 우리처럼 불쌍한 지방 사람들도 밭에 떨어진 이삭 몇 개쯤은 줍게 해줘야 해요. 선생 같은 파리의 학자 양반들은 아주 부자시니까!"

애매한 자세로 받침대에 있던 나는 그의 발견을 도둑질하는 비열한 일은 절대로 하지 않겠다고 엄숙하게 약속했다.

"선생, TVRVBL을……."

그는 그곳에는 아무도 없었지만 마치 누군가가 엿듣기라도 하는 것처럼 가까이 다가와 속삭였다.

"자, TVRBVL을 TVRBVLNERAE로 읽어보세요."

"더 모르겠는데요."

"여기서 10리 정도 떨어진 산의 아래에 '불테르네르'

라는 이름의 마을이 있어요. 불테르네르는 라틴어 TVRBVLNERA를 잘못 써서 생긴 겁니다. 이런 오류는 아주 흔한 것이죠. 불테르네르는, 아시겠지만 아주 오랜 옛날에는 로마의 도시였어요. 나 또한 그런 줄을 알고 있었지만 증거를 찾을 수가 없었죠. 그런데 여기 그 증거가 나온 겁니다. 이 비너스는 불테르네르 도시를 대표하는 지방의 신인 겁니다. 내가 얼마 전에 그 고대의 기원을 증명했는데, 불테르네르라는 단어는 아주 흥미로운 사실을 입증하고 있어요. 뭔가 하니, 불테르네르가 로마의 도시가 되기 전에는 페니키아의 도시였다는 사실입니다!"

그는 숨을 고르고 나의 놀라움을 즐기려고 잠시 멈췄다. 하지만 나는 웃음이 터질 것만 같은 기분을 간신히 참는 중이었다.

"사실 TVRBVLNERA는 순수한 페니키아어입니다."

그는 계속해서 말했다.

"TVR은 투르(TOUR)로 읽어봅시다. 투르와 수르(SOUR)는 같은 단어 아니던가요? 그런데 수르는 티레(Tyr, 현재 레바논 남부의 항만 도시)의 페니키아식 이름이거든요. 내가 굳이 선생께 그 도시가 어디인지를 말할 필요는 없겠죠. 자, 그건 그렇고, BVL에 대해서 말하자면 그것은 Baal입니다. Baal은 Bl이고 Bl은 Bel이며, Bel은 Bul입니다. 이 단어들은 약간씩 발음만 차이 날 뿐입니다(발이나 벨은 모두 고대 페니키아와 카르타고 사람들이 경배하던 최고의 신을 지칭하는 말이다). 이제 NERA에 대해서 말해보죠. 이것도 그리 어려운 일이 아닙니다. 딱 들어맞는 페니키아 단어가 없어서 애를 좀 먹기는 했지만, NERA는 아마도 그리스어에서 왔다고 볼 수 있을 겁니다. 그 단어는 '축축한, 늪지대 같다'라는 뜻이죠. 그러니까 합성어인데, 선생께 내 말을 증명하기 위해서는 산의 계곡물이 흘러내리다가 불테르네르에 와서 악취가 풍기는 늪지대를 만들어낸다는 점을 말씀드려야겠군요. 이게 다가 아닙니다. NERA라는 종결어미는 훨씬 후일에 와서 긴 단어인 네라피베수비아(Nera Pivesuvia)라는 테트리쿠스의 아내를 가리키는 네라 피베수비아 대신 쓰인 말임이 틀림없습니다. 그 여자는 Turbul 도시에 몇몇 좋은 일을 한 여자입니다. 하지만 나는 습지 때문에 그리스어 어원이 더 정확하다고 생각합니다."

그는 만족한 모습으로 코담배를 한 움큼 꺼내 냄새를 맡더니 결론을 내렸다.

"자, 이제, 페니키아 사람들 얘기는 그만두고, 조각에 있는 글자들로 되돌아갑시다. 그러니까 나라면 이렇게 해석하겠습니다. '불테르네르의 비너스에게 미론이 여신의 명령에 따라 그의 작품인 이 조각상을 바치노라'라고요."

그의 어원학을 비판하는 일은 자제했지만, 내 쪽에서도 뭔가 예리한 분석을 한번 보여주어야겠다는 생각이 들었다. 그래서 다음과 같이 지적했다.

"잠깐만요, 선생님. 미론이 뭔가를 바친 것은 확실하지만 그것이 이 조각상은 아닙니다."

"뭐라고요!"

그가 소리쳤다.

"미론은 그리스의 유명한 조각가가 아니었나요? 그의 재능은 가문 대대로 이어졌을 것이고, 그의 후손 중 한 사람이 이 조각을 만들었던 겁니다. 이보다 더 확실한 건 없어요."

"하지만 아까 보니 그 팔 위에 작은 구멍이 나 있더군요."

나는 반박했다.

"제 생각에 그 구멍은 뭔가를 고정하기 위해 파놓은 것 같습니다. 예컨대 미론이 속죄의 공헌물로 비너스에게 주었던 팔찌 같은 것을 차는 데 사용했을 것 같아요. 미론은 불행한 연인이었지요. 비너스는 그에게 화가 나 있었고요. 그는 비너스에게 황금 팔찌를 주면서 마음을 달래려고 했죠. 'fecit(만들어진)'라는 단어는 종종 'consecravit(봉헌된)'라는 단어로 쓰이기도 하는데 두 말은 동의어입니다. 구루터(네덜란드의 고대어 학자)나 오렐리우스(스위스의 고대어 학자) 같은 금석학의 대가들의 책이 제 수중에 있다면 더 많은 예를 보여드릴 수 있어요. 사랑에 빠진 어떤 이가 꿈에서 비너스를 보았고, 그 비너스가 자신의 조각상에 황금 팔찌를 해달라고 요청을 했다는 상상은 지극히 자연스럽습니다. 미론은 그래서 비너스에게 팔찌를 바치게 되었고 그걸 야만인들이나 도둑들이 후일에 약탈하여……."

"아! 선생은 지금, 고대 유물을 앞에 놓고 소설을 쓰고 있습니다!"

집주인은 내가 동상에서 내려오도록 손을 내밀며 말을 이어갔다.

“아니요, 선생의 말은 틀렸습니다. 이건 미론 학파의 작품이오. 다른 것은 차치하고, 그냥 작품을 한번 보세요. 그러면 내 말이 옳다는 것을 알게 될 겁니다.”

자기주장을 굽힐 줄 모르는 완고한 고고학자를 많이 보아오면서 고집불통인 사람들의 말에 일일이 반박하지 않는 것을 신조로 삼게 된 나는 집주인의 말이 옳다는 표정을 지어 보이며 말했다.

“참으로 아름다운 작품입니다!”

그때였다. 갑자기 집주인이 소리를 질렀다.

“아! 이런 세상에! 누군가 또 유물을 파괴하려고 했어. 나의 조각상에 돌을 던졌어!”

그가 비너스의 가슴 바로 위에 희끄무레한 자국이 생긴 것을 알아본 모양이었다. 그런데 그게 다가 아니었다. 오른손 손가락에도 유사한 흔적이 나 있었다. 추측컨대, 돌멩이가 날아가면서 건드렸나 충격으로 떨어져 나간 파편이 손 위로 튀어 생겼으리라.

나는 집주인에게 간밤에 목격했던 부랑아들의 욕설과 되돌아왔던 즉각적인 응징 이야기를 했다. 그는 그 얘기에 크게 웃더니 디오메데스의 견습공과 비교하며 그 그리스의 영웅처럼 자신의 직공들이 모두 흰 새로 변하는 모습을 보고 싶다고 했다.

이때 점심식사를 알리는 종이 울려 고전적인 대화가 중단되었다. 나는 전날과 마찬가지로 이번에도 네 사람과 함께 식사했다.

식사가 끝나자, 페르오라드 씨의 소작인들이 나타났다. 그가 소작인들을 접견하는 동안 그의 아들이 자신의 약혼녀를 위해 툴루즈에서 샀다는 덮개가 달린 멋진 사륜마차를 보여주려고 나를 데리고 갔다. 나는 그가 내 칭찬을 듣고 싶어 하는 것 같아, 멋있다고 실컷 칭찬해주었다. 감탄했음은 말할 것도 없다.

그런 다음 그는 나를 마구간에 데리고 갔고, 거의 반 시간이나 나를 붙잡고 자신의 말들 자랑을 했다. 말들의 계보와 도내 경주에서 말들이 벌어들인 상금 이야기도 했다. 신부에게 줄 말로 정해놓은 회색 암말 이야기를 하다가, 자연스럽게 미래의 신부에 대한 화제로 옮겨 가게 되었다.

"오늘 그녀를 보게 될 겁니다."

그가 말했다.

"당신이 그녀를 예쁘게 볼지는 모르겠어요. 파리 사람들은 까다롭잖아요. 하지만 이곳과 페르피냥에서는 모두 그녀가 매력적이라고 해요. 좋은 점은 매우 부자라는 거죠. 프라드(중부 피레네 산맥 부근에 있는 남프랑스의 작은 도시)의 이모가 그녀에게 재산을 물려주었거든요. 아! 저는 아주 행복할 겁니다."

나는 젊은 사람이 장차 자신의 아내가 될 여인의 아름다운 눈보다 지참금에 더 감동하는 모습을 보고 큰 충격을 받았다.

"보석에 대해 잘 아시는지요?"

알퐁스는 계속해서 말했다.

"이거 어때요? 내일 신부에게 줄 반지입니다."

그렇게 말하면서 그는 자신의 새끼손가락 첫째 마디에서 다이아몬드가 박힌 굵은 반지를 뺐다. 두 손이 포개진 모양으로 세공된 반지는 무한히 시적인 암시 같아 보였다. 만듦새는 고풍스러웠으나 다이아몬드를 박아 넣기 위해 다시 가공한 듯했다. 반지 안쪽에 고딕체로 새긴 'Sempr'ab ti(영원히 너와 함께)'라는 글귀가 읽혔다.

"예쁜 반지군요. 하지만 덧붙인 다이아몬드가 원래의 특징을 좀 잃게 했네요."

내가 말했다.

"아니죠! 그래서 반지가 훨씬 더 아름다운 겁니다."

그가 웃으며 답했다.

"여기에 1,200프랑 어치의 다이아몬드가 박혔어요. 반지는 어머니가 주신 거예요. 아주 오래된 가문의 반지로, 중세 기사도 시절의 것입니다. 할머니가 쓰시던 건데, 할머니는 또 증조할머니에게서 물려받았죠. 언제 만들어졌는지는 아무도 몰라요."

"파리의 풍습은 아주 단순한 반지를 주는 거예요."

내가 말했다.

"보통 금이나 백금처럼 서로 다른 두 가지 금속을 합금해서 만든 반지예요. 보세요. 당신 손에 있는 다른 반지가 훨씬 적당할 겁니다. 이 반지는 다이아몬드와 두 손의 부조 모양 때문에 너무 두꺼워져서 그 위에 장갑을 낄 수도 없을 겁니다."

"아! 알퐁스 부인이 자기 좋을 대로 알아서 하겠죠. 반지를 가지고 있다는 것만으로 늘 만족해할 거예요. 손가락에 1,200프랑을 끼고 있다는 건 기분 좋잖아요. 이 작은 반지는……."

그는 다른 손가락에 끼고 있던 아주 단조로운 모양의 반지를 흡족하게 바라보면서 덧붙였다.

"이 반지는 언젠가 사순절 전날의 축제 때 파리에서 어떤 여자가 준 겁니다. 아! 2년 전 파리에 있을 때 얼마나 즐거웠던지! 놀려면 역시 파리로 가야 해요!"

그러면서 뭔가 후회된다는 듯이 한숨을 내쉬었다.

그날 저녁 우리는 신부의 집이 있는 퓌가리그에서 저녁식사를 하기로 약속했었다. 모두 사륜마차를 타고 일르 지방에서 6킬로미터 정도 떨어진 성으로 갔다. 나는 집안의 친구로 소개되고 융숭하게 환영받았다. 뒤이은 식사와 대화에 대해서는 별로 할 이야기가 없었다. 나는 이야기에 별로 끼어들지도 않았다.

알퐁스는 미래의 신부 옆에 앉아 거의 15분마다 신부의 귀에 대고 뭔가를 속삭였다. 그녀에 대해 말하자면, 그녀는 한 번도 눈을 들지 않은 채 고개를 숙이고 있었고, 자기의 정혼자가 뭐라고 말할 때마다 다소곳이 얼굴을 붉힐 뿐이었다. 하지만 별로 수줍어하는 기색 없이 신랑의 말에 답하곤 했다.

퓌가리그의 그 처녀는 열여덟 살이었다. 유연하고 약해 보이는 그녀의 몸매는 약혼자의 건장한 근육질 체형과 어딘지 잘 어울리지 않았다. 그녀는 아름다웠을 뿐만 아니라 매력적이었다. 나는 그녀의 대답 속에 묻어나는 완벽한 자연스러움에 감탄했다. 그녀의 선한 태도에는 살짝 짓궂은 면이 없지 않았는데, 그 모습을 나도 모르게 집주인이 발굴해낸 비너스와 겹쳐 놓고 생각하지 않을 수 없었다.

나는 그런 비교 과정에서, 동상에 당연히 부여되었던 그 우월한 아름다움이 일정 부분은 그것의 잔인한 표정에서 기인하지 않았을까 하는 의문이 들었다. 왜냐하면 기운이라는 것은 설령 그것이 나쁜 열정일지라도 우리 내면에 어떤 놀라움과 무의지적인 감탄 같은 걸 언제나 자극하기 때문이다.

'참으로 안타깝다.'

나는 퓌가리그를 떠나며 생각했다.

'저렇게 괜찮은 여자가 부잣집 딸이라니, 그녀의 엄청난 지참금 때문에 전혀 어울리지 않는 신랑을 구할 수밖에 없었다니!'

일르로 돌아오면서, 나는 페르오라드 부인에게 뭐라고 해야 할지 몰랐다. 하지만 그녀에게 가끔씩 말을 건네는 게 좋은 것 같아서 이렇게 말했다.

"루씨옹 사람들은 참 배짱이 좋은 것 같습니다. 부인, 전 이해가 안 되는데, 여기선 결혼식을 금요일에 하는군요! 파리에서는 미신을 믿어서 그런지 아무도 감히 금요일에는 여자를 맞아들일 엄두를 내지 않죠."

"맙소사! 말도 마세요!"

그녀가 말했다.

"그게 오로지 내 결정에만 따른다면 당연히 다른 날을

택했을 거예요. 하지만 페르오라드가 그걸 원했고 그 말에 따라야만 했어요. 그렇지만 저로선 괴로운 일이에요. 무슨 불행이라도 생기면 어쩌겠어요! 그렇게 하는 데는 이유가 분명 있는 건데 말이죠. 안 그러면 왜 모두 금요일을 두려워하겠어요?"

"금요일!"

이야기를 듣고 있던 그녀의 남편이 소리쳤다.

"금요일은 비너스의 요일이라고! 결혼을 위한 좋은 날이지! 친애하는 동료 선생, 보다시피 나는 오직 나의 비너스만 생각하고 있어요. 명예를 주는 거죠! 비너스 때문에 금요일을 선택했어요. 내일, 결혼식이 있기 전에 작은 희생제를 올릴 거요. 비둘기 두 마리를 의식에 바칠 거요. 향도 좀 피우고 말입니다."

"맙소사! 페르오라드!"

몹시 화가 난 그녀의 아내가 말을 끊었다.

"우상 앞에다 향을 피운다니! 끔찍한 일이 될 거예요! 마을에서 우리더러 뭐라 하겠어요?"

"그럼 그저 동상의 머리 위에 장미와 백합 화관을 얹도록 해주구려."

페르오라드 씨가 말했다.

두 손 가득 백합꽃을 주시오

베르갈리우스의 《아이네스》에 나오는 한 구절을 읊은 다음, 주인은 익살스럽게 투덜댔다.

"이것 보세요, 선생. 아무리 정교의 자유를 선포한 헌장이 있다고 해도 다 헛말이요. 우리는 비너스를 숭배할 자유도 없다니까요!"

이튿날의 치를 결혼식 준비는 잘 진행되고 있었다. 참석자 전원은 정확히 10시까지 단장을 마치고 준비가 되어 있어야 한다. 초콜릿 차를 마시고 마차로 퓌가리그로 출발하기로 했다. 법률혼은 마을의 구청에서 이루어질 것이고, 종교 예식은 교회에서 치를 것이다.

그리고 점심식사 후에는 오후 7시까지 대충 시간을 보내게 될 것이다. 7시에는 일르의 페르오라드 집으로 돌아와 두 가족이 모여 만찬을 하게 될 것이다. 그 나머지 일은 자연스럽게 이어질 것이다. 다만 춤을 출 수 없으므로 사람들은 가능한 한 많이 먹고 마시기로 밤 일정이 짜여 있었다.

나는 결혼식 날 아침 8시부터 비너스 앞에 앉아 있었다. 손에 연필을 쥐고 스무 번이나 동상의 머리를 다시 그려보고 있었지만 그 표정을 잡아낼 수 없었다. 페르오라드 씨는 내 주변을 오락가락하면서 나에게 조언을 건네기도 하고, 자신의 그 페니키아의 어원학을 되풀이하기도 했다. 그러고 나서 그는 동상 받침대 위에 벵갈의 장미들을 내려놓고는 자신의 집에서 살아가게 될 신혼부부를 위한 기원을 희비극적인 어조로 읊조렸다.

9시쯤 되자 그는 옷차림을 고치러 집으로 들어갔고, 그와 동시에 알퐁스가 꼭 끼는 새 옷에 흰 장갑과 반짝이는 구두를 신고 나타났다. 윗옷의 단추에는 무늬가 아로새겨져 있었고 단추 구멍에는 장미꽃 한 송이가 꽂혀 있었다.

"내 아내의 초상화를 그려주시겠어요?"

그는 몸을 숙여 내 그림을 바라보며 말했다.

"아내도 못지않게 예쁜걸요."

바로 그때였다. 앞서 말했던 그 스쿼시 구장에서 시합이 시작되었고 알퐁스의 시선은 당장 그리로 쏠렸다. 나 역시 피곤했던 데다 이 악마 같은 형상을 표현하는 데 절망하여 곧 데생을 그만두고 선수들을 바라보았다. 선수 중에는 전날 도착한 스페인의 노새 몰이꾼이 몇 명 있었다. 그들은 아라곤과 나바로 사람들이었는데 대부분 굉장히 능란한 선수들이었다. 그래서 알퐁스의 등장과 그의 조언에 용기를 얻었음에도 일르 사람들은 새로 나타난 선수들에게 일찌감치 패하고 말았다. 프랑스 쪽 관람객들은 아연실색했다.

알퐁스는 손목시계를 봤다. 아직 9시 반밖에 되지 않았다. 그의 모친은 아직 모자도 쓰지 않았을 시간이었다. 그는 더는 주저하지 않았다. 재빨리 결혼 예복을 벗더니 경기할 때 입는 옷을 달라고 해서 입고는 스페인 사람들에게 한 판 하자고 청했다. 나는 미소를 지으면서도 조금 놀라워하며 그가 경기하는 모습을 지켜보고 있었다.

"고장의 명예를 지켜야 해요."

나를 보더니 그가 말했다.

그때 나는 그가 정말로 멋지다고 생각했다. 그는 열정적이었다. 좀 전까지 그가 그토록 신경 쓰던 옷차림새는 이제 아무것도 아니었다. 몇 분 전만 해도 그는 넥타이가 비뚤어질까 봐 고개도 돌리지 못했을 것이다. 지금은 곱슬머리도, 그토록 잘 구겨지는 가슴 장식도 더는 생각하지 않았다. 그의 약혼자는? 어쩌면, 만일 필요했다면 결혼식마저 연기했을 것이다. 그가 서둘러 샌들 한 짝을 신고 옷소매를 걷어 올리는 모습이 보였다. 그는 확신에 찬 태도로 마치 카이사르가 티라키움에서 자기 병사들을 재집결시키듯 패한 팀의 선두에 섰다. 나는 울타리를 뛰어넘어 두 진영을 잘 볼 수 있도록 팽나무 그늘에 편안하게 자리를 잡고 앉았다.

그런데 모두의 예상과는 반대로 알퐁스는 첫 번째 볼을 놓쳤다. 사실 그 볼은 땅바닥에 바짝 붙어 너무 낮게 들어왔다. 볼을 던진 아라곤 선수는 스페인 팀의 우두머리로 보였다. 그는 40대의 마르고 신경질적인 남자로 육척장신에 올리브 빛깔의 피부는 비너스의 청동처럼 거의 짙은 색이었다.

알퐁스는 화가 나서 라켓을 땅바닥에 내던지며 소리를 질렀다.

"이 망할 반지가 손가락을 조이는 바람에 확실한 공을 놓쳤군!"

그는 어렵지 않게 다이아몬드 반지를 손에서 벗겨냈다. 나는 반지를 받아두려고 다가갔다. 하지만 그는 나를 앞질러 비너스에게 달려가더니 동상의 약지에 반지를 걸어주고는 재빨리 팀의 선두 자리로 되돌아가 맨 앞에 섰다.

그는 얼굴은 창백했지만 차분하고 단호했다. 그때부터 그는 단 한 번의 실수도 하지 않았고 스페인 사람들은 완패했다. 구경꾼들의 열광은 대단한 장관이었다. 어떤 사람들은 모자를 공중에 던지며 환호의 소리를 수없이 내질렀고, 다른 이들은 그의 손을 잡으며 고장의 명예라고 치켜세웠다. 만일 그가 적의 침입을 물리쳤더라면 이보다 더 열렬하고 충심 어린 축하를 받았을까 싶었다. 패한 팀의 침울한 모습이 그의 승리를 한층 더 빛내주었다.

"다음에 또 한번 합시다."

그가 아라곤 사람에게 거만한 목소리로 한마디 던졌다.

"하지만 그때는 당신에게 점수를 접어주고 하겠소."

나는 알퐁스가 좀 겸손했으면 했다. 경쟁자가 받았을 굴욕감을 생각하니 내 일처럼 마음이 편하지 않았다.

몸집이 거대한 스페인 사람은 이러한 모욕을 마음 깊이 느낀 표정이었다. 햇볕에 그을린 구릿빛 피부 아래로 창백해진 그의 얼굴이 보였다. 그는 침통한 모습으로 자신의 라켓을 바라보며 이를 악물었다. 그러더니 억눌린 목소리로 나지막하게 "메로 파가라스켈(Melo pagaras, 언젠가 이 빚을 갚아주마)"이라고 했다.

그때 페르오라드 씨의 호통이 아들의 승리 분위기에 찬물을 끼얹었다. 집주인은 아들이 새로 장만한 마차의 채비를 주도하고 있지 않은 모습에, 더더구나 라켓을 손에 든 채 온통 땀에 젖은 모습을 보고 몹시 놀라 벌어진 입을 다물지 못하고 있었다.

알퐁스는 즉각 집으로 달려가 얼굴과 손을 씻고 새 정장을 입고 에나멜 구두를 다시 신었다. 5분 후에 우리는 퓌가리그를 향해 마차를 몰았다. 마을의 모든 선수와 수많은 구경꾼 역시 말과 마차에 올라탄 채 환호하며 우리를 뒤따랐다. 얼마나 빨리 쫓아오는지 우리를 이끌어가고 있던 기세 좋은 말들도 그 열렬한 카탈루냐 사람들을 겨우 조금 앞지를 수 있을 정도였다.

어느덧 퓌가리그에 도착하여 행렬이 구청을 향했다. 그때였다. 알퐁스가 자기 이마를 탁 치며 나지막하게 나에게 말했다.

"이런 멍청한 일을 다 봤나! 글쎄, 반지를 그냥 두고 왔어요! 그 빌어먹을 비너스의 손가락에 걸어두고 왔네! 어쨌든 어머니한테는 절대 말하지 마세요. 어머니는 아무것도 눈치채지 못할 테니까요."

"지금이라도 누군가를 보내지 그러나?"

"그게 참! 내 하인들은 일르에 남아 있어요. 여기 하인들은 도통 믿을 수가 없고요. 1,200프랑짜리 다이아몬드잖아요! 누구라도 탐낼 수 있어요. 게다가 이곳 사람들이 나의 부주의에 대해 뭐라고 하겠어요? 엄청나게 우습게 볼 겁니다. 나를 두고 '비너스 동상과 결혼했다'라며 놀려댈 테지요. 제발 누가 훔쳐 가지나 않았으면 좋겠군요. 한 가지 안심되는 것은 그 우상을 사람들이 무서워한다는 것입니다. 동상에 올라가서 손끝에 있는 반지까지는 못 가져갈 겁니다. 할 수 없지요. 다른 반지를 주는 수밖에."

시청과 상당에서 올린 두 번의 결혼식은 예의에 맞게 성대하게 잘 치러졌다. 퓌가리그의 아가씨는 약혼자가 자신에게 사랑의 담보물을 희생하게 했다는 사실은 추호도 의심하지 않은 채, 파리의 모자가게 아가씨를 주려고 했던 검소한 반지를 받았다. 그런 다음 모두 식탁에 앉아 마시고 먹고 노래까지 불렀는데, 이 모든 일이 아주 오랫동안 이어졌다.

신부 주위에서 터져 나오던 야비한 기쁨을 보고 있자니 그녀가 안쓰러웠다. 그런데도 그녀는 내가 기대하지 못했던 최상의 태도를 보여주었다. 당혹해하는 그녀의 모습은 어색한 것도 꾸며낸 것도 아니었다. 아마도 용기라는 것은 어려운 상황과 함께 오는 것이리라.

다행스럽게도 점심식사가 끝났고, 오후 4시가 되었다. 남자들은 훌륭하게 꾸며진 정원으로 산책하러 가거나 성의 잔디 위에서 퓌가리그의 시골 여인들이 축제 의상을 차려입고 춤추는 모습을 지켜보았다. 그래서 우리는 몇 시간을 이용하게 되었다.

그렇지만 여자들은 신부 주변에서 매우 흥분하고 있었다. 신부는 그녀들에게 자신의 예물 바구니를 보여주고 있었다. 그러고 나서 신부가 화장을 고쳤는데, 나는 그녀의 아름다운 머리카락이 헝겊 모자와 깃털이 달린 챙 모자 밑에 가려져 있었다는 걸 알아보았다. 여자들은 결혼하면 아가씨일 때는 착용이 금지되었던 장신구들을 얼른 사용하고 싶어 안달했다.

저녁 8시가 거의 다 되어서야 일르로 출발할 수 있었다. 그러나 한 가지 눈물 없이는 볼 수 없는 장면이 펼쳐졌다. 퓌가리그 아가씨의 고모는 연세가 많고 독실한 사람이었으며 그녀에게 어머니나 다름없었는데, 우리와 함께 시내로 갈 수 없었다. 출발에 앞서 고모는 조카에게 아내의 의무에 대한 감동적인 연설을 해주었고, 조카는 폭포 같은 눈물을 흘리며 끝없는 포옹을 나누었다. 페르오라드 씨는 이러한 이별을 보면 사비누스 여인들의 납치 사건이 떠오른다고 한마디했다. 어쨌든 우리는 출발했고, 가는 내내 신부의 기분을 풀어주려고 애썼다. 하지만 소용없는 일이었다.

일르에서는 저녁 만찬이 우리를 기다리고 있었다. 그게 밤참이라니! 아침의 그 야비한 기쁨이 나를 충격에 빠뜨렸다면, 신랑과 신부가 주요 대상이 되었던 서투른 말장난과 농담들은 훨씬 더 했다. 식탁에 앉기 전에 잠시 사라졌던 신랑은 창백하고 차갑고 진중한 얼굴이 되어 등장했다. 그는 브랜디만큼이나 독한 콜리우르의 오래된 포도주를 자꾸 마셨다. 그 옆에 앉아 있던 나는 경고하지 않을 수 없었다.

"조심하게! 술이란 게……."

나는 참석자들과 분위기를 맞추려고 얼마나 어리석은 짓을 했는지 모른다. 그는 내 무릎을 슬쩍 밀면서 낮은 소리로 말했다.

"사람들이 식탁에서 일어설 때…… 잠시 봬요. 할 말이 좀 있어요."

그의 엄숙한 어조에 나는 놀랐다. 나는 그를 좀 더 찬찬히 바라보았고 표정이 이상하다는 걸 알아챘다.

"몸이 불편한가?"

내가 물었다.

“아닙니다.”

그리고 그는 다시 마시기 시작했다.

그런데 사람들이 소리를 지르고 손뼉을 치는 가운데 열한 살짜리 아이가 식탁 밑으로 기어들어가 신부의 발목에서 떼어낸 흰색과 분홍색의 예쁜 리본을 참석자들에게 보여주었다. 그것은 ‘자레트’라고 불리는 것으로 스타킹을 고정하는 밴드였다. 리본은 즉시 조각조각 잘려 젊은이들에게 나뉘었다. 젊은이들은 그것을 단추 구멍에 치장했는데, 이는 고대 풍습으로 몇몇 가부장적인 집안에서는 여전히 지켜지고 있었다. 신부의 얼굴을 눈 밑까지 붉힐 기회였다. 하지만 그녀의 혼란은 페르오라드 씨가 좌중의 침묵을 요구한 다음에, 즉흥적이라면서 카탈루냐의 몇몇 시구를 노래로 불렀을 때 최고조에 달했다. 그 시의 의미는 내가 제대로 이해했다면 다음과 같다.

‘도대체 무슨 일인가, 친구여? 내가 마신 술이 사람을 둘로 보이게 했나? 여기에 비너스가 둘이나 있네.’

신부는 겁먹은 얼굴로 갑자기 고개를 돌렸고 그 모습

에 모두 웃음을 터뜨렸다. 페르오라드는 계속해서 시를 읊었다.

'그렇소, 우리 집에는 두 개의 비너스가 있다오. 하나는 송로버섯처럼 내가 땅에서 찾아냈고, 다른 하나는 하늘에서 내려와 우리에게 그녀의 허리띠를 나눠주었소.'

그가 말한 허리띠는 자레트를 의미했다.

'아들아, 로마의 비너스와 카탈루냐의 비너스 중에서 네가 더 좋아하는 걸 고르려무나. 이 불한당이 카탈루냐의 비너스를 선택하는군. 그의 몫이 가장 좋은 것이다. 로마의 비너스는 검고, 카탈루냐의 비너스는 하얗구나. 로마의 것은 차갑고 카탈루냐의 비너스는 자신에게 다가오는 모든 것을 불태운다.'

그 마지막 부분은 대단한 환호를 불러일으켰다. 요란한 박수 소리와 쏟아지는 폭소로 천장이 당장이라도 무너질 것 같았다. 식탁 주변에는 오직 세 사람만이 심각한 얼굴을 하고 있었다. 신혼부부와 나였다.

나는 두통이 심하게 왔다. 어째서인지 결혼식은 언제나 나를 우울하게 한다. 남이 결혼하는 것을 보면 역겨운 느낌마저 들었다.

페르오라드 씨가 지은 즉흥시의 마지막 구절은 부시장이 다시 한번 읊었는데, 상당히 노골적이었다. 그러자 사람들은 모두 거실로 옮겨 가 침실로 들어가는 신부의 첫날밤을 축하했다. 자정이 거의 다 되어 있었다.

알퐁스는 그때 나를 창문 옆으로 끌고 가더니 내 눈을 바로 보지 못하고 말했다.

"지금 날 놀리시는 건 아니겠죠. 나는 지금 무슨 일이 일어났는지 도대체 모르겠어요. 마법에 걸린 것만 같아요. 내가 귀신에 씌었다고요!"

처음에는 몽테뉴나 마담 드 세비녜가 말했던 것과 같은 종류의 불행에 알퐁스가 위협을 느끼고 있다고 생각했다. '모든 사랑의 제국에는 비극적인 이야기가 가득하네' 등과 같은 이야기 말이다. 하지만 나는 '그런 일은 정신적인 사람들에게만 일어날 수 있는데'라고 생각했다.

내가 말했다.

"알퐁스 씨, 콜리우르 포도주를 너무 많이 마셨나 보군. 내가 경고했잖소."

"그래요, 그럴지도 몰라요. 하지만 이건 술 때문이 아니라 훨씬 더 끔찍해요."

그의 목소리가 간간이 끊겼다. 나는 그가 완전히 취했다고 생각했다.

"내 반지 잘 알고 계시죠?"

그가 침묵 후에 말을 이었다.

"물론! 그런데 누가 가져가기라도 했나?"

"아니요."

"그럼 자네가 다시 가져왔군, 그래?"

"아니요. 나는……. 그 저주받을 비너스의 손가락에서 반지를 빼낼 수가 없었어요."

"힘껏 잡아당기지 않았나 보군."

"아니요. 있는 힘껏 당겨봤지요. 그런데 그 비너스가……, 비너스가 글쎄 손가락을 구부리더라고요."

그는 얼빠진 얼굴로 나를 쳐다봤다. 그러고는 넘어지지 않으려고 문고리에 몸을 기댔다.

"지금 무슨 소리를 하는 거요?"

내가 말했다.

"반지를 너무 깊숙이 밀어 넣었나 보군. 내일 펜치를 들고 빼내보게. 어쨌든 동상을 망가뜨리면 안 될 테니까 말일세."

"그게 아니에요. 내가 말했잖아요. 비너스가 손가락을 뒤로 빼서 오므렸다니까요. 손을 오므렸단 말입니다. 알아듣겠어요? 내가 반지를 끼워주었으니, 자기가 내 아내다 이거죠. 반지를 돌려주고 싶지 않다는 겁니다."

나는 갑자기 등골이 오싹해지며 온몸에 소름이 돋았다. 그러나 알퐁스가 한숨을 쉬며 내뿜은 술기운에 그런 감정이 사라졌다. 그가 가련한 어조로 내게 말했다.

"선생님은 고고학자이니 저런 동상들을 잘 아실 것 아닙니까. 저로서는 전혀 알 수 없는 무슨 본능적인 힘이나 마법 같은 게 있나 봐요. 한번 가서 봐주시겠어요?"

"기꺼이 그러죠."

내가 말했다.

"함께 가봅시다."

"아니요, 선생님 혼자 가셨으면 합니다."

나는 거실을 나섰다.

밤참을 먹는 동안 날씨가 변해 있었고 비가 억수같이 쏟아지기 시작했다. 우산을 가지러 가려는데 문득 어떤 생각이 들어 주춤했다. 술 취한 사람이 한 말을 확인하러 가다니, 스스로가 아주 어리석다는 생각이 들었다. 게다가 어쩌면 그는 순진한 시골 사람들에게 웃음거리를 만들어주려고 고약한 농담을 하고 싶었을지도 모른다. 나에게 일어날 수 있는 일이란 기껏해야 뼛속까지 비에 젖어 감기에 단단히 걸리는 일일 것이다.

문 앞에 서서 나는 빗물에 젖어 번들거리는 동상을 흘깃 쳐다보았다. 그러고는 거실로 돌아가지 않고 내 방으로 올라가 자리에 누웠다. 하지만 잠이 오지 않았다.

그날 하루의 모든 장면이 눈앞에 파노라마식으로 펼쳐졌다. 거친 술주정뱅이에게 버려진 그토록 아름답고 순수한 처녀를 생각했다. 정략결혼이라니 얼마나 구역질 나는 일인가! 시장은 삼색휘장을 몸에 걸치고 나타났고, 사제는 흘러내리는 휘장을 목에 두르고 있었다. 그리고 미노타우로스에게 넘겨진 세상에서 가장 정숙한 처녀! 사랑하는 연인들이라면 온 존재를 걸고 얻어냈을 그런 순간에,

서로 사랑하지 않는 두 존재는 도대체 무슨 말을 나눌까. 남자의 무례한 모습을 보고 나서도 언젠가는 그를 사랑하게 될까? 첫인상은 지워지지 않는 법이니, 확신컨대 저 알퐁스는 분명히 미움받을 짓을 한 것이다.

많은 것을 생략한 이러한 독백이 이어지는 동안, 집 안에서는 우왕좌왕하는 소리가 크게 들렸다. 문 여닫는 소리와 마차들이 떠나는 소리였다. 그런 다음에는 내 방 반대편 복도 끝으로 향하는 여자들의 가벼운 발소리가 층계에서 들려왔던 것 같다. 아마도 신부를 잠자리로 인도하던 행렬일 것이었다. 그러고 나서 그들은 다시 계단을 내려갔다. 페르오라드 부인의 방문이 닫혔다.

'그 가엾은 처녀는 얼마나 혼란스럽고 불편할까!'

나는 불쾌한 기분으로 침대 속에서 몸을 뒤척였다. 결혼식을 치른 집안에서 총각이 어리석은 짓을 하다니.

얼마 전부터 주위가 온통 침묵에 쌓여 있었는데, 어느 순간 계단을 올라오는 무거운 발소리가 그 침묵을 깼다. 목재 층계들이 심하게 삐걱거렸다.

'정말 버릇없는 사람이군! 저러다 계단에서 넘어지고

말 거다.'

다시 모든 게 조용해졌다. 나는 생각의 흐름을 바꾸려고 책 한 권을 집어 들었다. 도의 통계집이었는데, 프라드 지역의 드루이드 유물에 관한 페르오라드 씨의 논문이 덧붙여져 있었다. 그걸 세 페이지쯤 읽다가 잠들었다.

하지만 나는 깊이 잠들지 못하고 여러 번 깼다. 새벽 5시쯤, 나는 20분 전부터 깨어 있었다. 그때 닭이 울었다. 날이 밝아왔다. 그 순간, 아까 잠들기 전에 들었던 것과 똑같은 소리—삐걱거리는 계단 소리와 무거운 발걸음 소리—가 분명하게 들렸다. 뭔가 이상했다. 나는 하품을 하면서 알퐁스가 왜 그렇게 아침 일찍 일어났는지를 추측해 보았다. 그럴싸한 이유를 하나도 찾을 수 없었다. 도로 눈을 감으려는데 다시금 이상하게 발을 구르는 소리에 퍼뜩 주의를 기울였다. 곧이어 초인종 소리와 후다닥 문 열리는 소리가 섞여들었고 당황한 비명이 들려왔다.

'그 주정뱅이가 어딘가에 불이라도 질렀나 보군!'

그런 생각을 하며 나는 침대에서 튀어나왔다. 서둘러 옷을 입고 나와보니, 복도 반대편 끝에서 울부짖는 소리와 한탄이 터져 나왔고 가슴을 찢는 듯한 목소리가 다른 모든 소리를 집어삼켰다.

"아, 내 아들! 내 아들!"

알퐁스에게 무슨 일이 닥친 게 분명했다. 나는 신혼부부의 방으로 달려갔다. 방 안에는 사람으로 가득했다. 내 눈길을 사로잡은 첫 번째 광경은 옷을 반쯤 걸친 젊은 남자가 버팀목이 부러진 나무 침대에 가로로 누워 있는 모습이었다. 그의 얼굴은 납빛이었고 움직임이 없었다. 그 옆에서 그의 어머니가 울면서 소리를 지르고 있었다. 페르오라드 씨는 분주히 움직이며 아들의 관자놀이를 오드콜로뉴로 문질러대고 코 밑에 소금을 갖다 대었다. 애석하게도 그의 아들은 이미 예전에 죽어 있었다. 방 한쪽 끝 소파에는 끔찍한 경련에 휩싸인 신부가 있었다. 그녀는 발음이 불분명한 소리를 지르고 있었다. 두 명의 힘센 하녀들이 온 힘을 다해 그녀를 억누르고 있었다.

"맙소사! 대체 무슨 일이 일어난 겁니까!"

내가 소리쳤다.

나는 침대로 다가가 불행한 젊은이의 몸을 들어 올렸

다. 그의 몸은 이미 차갑게 굳어 있었다. 꽉 다문 치아와 거무스름해진 얼굴은 단말마의 끔찍한 고통을 표현하고 있었다. 그의 죽음이 난폭했으며 지독히 고통스러웠다는 게 충분히 드러났다. 그렇지만 옷에는 핏자국이 전혀 없었다. 셔츠를 벌려 보니 가슴에 푸르스름한 흔적이 보였는데 그것이 갈비뼈와 등으로 이어져 있었다. 마치 철로 된 원형의 물건 안에 몸이 끼었던 것 같았다. 카펫 위에 있던 단단한 무엇인가가 내 발에 밟혔다. 몸을 숙여 보니 다이아몬드 반지였다.

나는 페르오라드 씨 부부를 그들 방에 데려갔다. 그리고 신부도 그곳에 데려왔다. 나는 부부에게 말했다.

"아직 며느님이 있습니다. 그녀를 돌봐주어야 합니다."

그리고 나는 그들을 남겨두고 나왔다.

알퐁스는 살해당했고, 살인자들이 한밤중에 신부의 방에 침투했다는 건 의심의 여지가 없어 보였다. 그렇지만 가슴의 타박상과 둥글게 이어진 상처의 방향은 나를 몹시 당혹스럽게 했다. 막대기나 철봉으로는 그런 상처를 만들어낼 수 없었기 때문이다.

문득 예전에 들었던 이야기가 떠올랐다. 발렌시아에서는 살인청부업자들이 사람을 죽이기 위해 잔모래가 담긴 기다란 가죽 자루를 사용한다는 것이다. 즉시 나는 아라곤의 노새 몰이꾼과 그의 협박을 기억해냈다. 그렇지만 가벼운 농담 때문에 그렇게 끔찍한 복수를 자행했으리라는 생각은 차마 할 수 없었다.

나는 불법침입의 흔적을 찾아 집 안 여기저기를 돌아다녔지만 어디서도 발견하지 못했다. 정원으로 내려가 살인자들이 혹시 이쪽으로 들어오지 않았을까 살펴보았다. 하지만 정원에서도 아무런 흔적을 찾을 수 없었다.

더구나 전날 밤 내린 비가 정원을 흠뻑 적셨기 때문에, 아주 선명한 자국은 남아 있을 수 없을 것이다. 그럼에도 나는 땅에 깊숙이 박힌 발자국 몇 개를 발견했다. 발자국은 동일한 노선에 반대 방향으로 두 번 찍혀 있었다. 스쿼시 경기장에 인접한 산울타리의 모서리에서 출발해서 집으로 들어서는 문까지 왕복한 듯했다. 알퐁스가 동상 손가락에 걸린 반지를 찾으러 갔을 때 난 자국일 수 있다.

이곳의 산울타리는 다른 데보다 나무가 성글게 심어져

서 살인자들이 이 지점의 산울타리를 넘어왔을 법해 보였다. 나는 동상 앞을 오락가락하다가 한순간 동상을 바라보려고 우뚝 멈춰 섰다. 그 순간만큼은 빈정거리는 그 고약한 표정을 두려움 없이 쳐다볼 수가 없었다. 좀 전에 목격한 끔찍한 장면이 머릿속에 가득해서, 이 집안에 휘몰아친 불행에 박수를 보내고 있는 지옥의 여신을 보고 있는 듯했기 때문이다.

나는 다시 내 방으로 돌아와 정오까지 방 안에 머물렀다. 정오에 밖으로 나가 집주인들의 소식을 물었다. 그들은 조금 진정이 되어 있었다. 이제 알퐁스의 미망인으로 불러야 할 퓌가리그의 아가씨는 의식을 회복했다. 그녀는 마침 일르 지방을 순회 중이던 페리피냥 왕립 검찰의 검사와 면담까지 했다. 검사가 그녀의 증언을 받아들였다. 검사는 나의 증언도 요구했다. 나는 내가 알고 있던 것을 말해주었고 그 아라곤의 노새 몰이꾼에 대한 의심도 숨기지 않았다. 검사는 즉시 그자를 체포하도록 명령했다.

"알퐁스 씨의 부인으로부터 뭔가 알아내셨는지요?"

나는 진술을 끝내고 서명하면서 검사에게 물었다.

"그 불행한 젊은 여인은 미쳤어요."

그가 서글픈 미소를 지으며 말했다.

"미쳤어요, 완전히 미쳤어요. 그녀의 진술을 들어보실래요?

커튼을 내리고 몇 분 전부터 자리에 누웠는데 그때 방문이 열리더라는 겁니다. 알퐁스 부인은 침대와 벽 사이에 얼굴을 벽 쪽으로 돌리고 앉아 있었답니다. 그녀는 남편이 들어왔을 거라 여기고 돌아보지 않았대요. 잠시 후, 무겁고 거대한 뭔가가 침대에 쿵 내려앉는 소리가 나더랍니다. 그녀는 몹시 겁이 났지만 고개를 돌릴 엄두가 나지 않았대요. 5분 혹은 10분……. 아무튼 시간이 얼마나 지났는지 알 수 없지만 그렇게 시간이 흘렀대요. 그러고 나서 그 여자가 자기도 모르게 움직였는지 아니면 침대에 누워 있던 그 무거운 무엇인가가 움직였는지 모르겠지만, 아무튼 그녀의 말을 그대로 옮기면 얼음처럼 차가운 무언가가 그녀의 몸에 닿는 것이 느껴졌대요. 그 여자는 온몸을 부들부들 떨면서 두 침대 사이로 난 좁은 틈으로 쏙 들어가 버렸답니다. 잠시 뒤, 다시 문이 열리더니 누군가가 들어

와서 '안녕, 여보'라고 말하더래요. 그러고는 바로 커튼이 내려졌답니다. 그리고 곧 뭔가에 짓눌린 비명이 들리더래요. 그녀 옆의 침대에 있던 사람이 앉은 자세에서 벌떡 일어서더니 두 팔을 앞으로 쭉 펼치는 것 같더랍니다. 그때서야 그녀는 고개를 돌려봤대요. 그랬더니 그녀의 남편이 침대 바로 곁에 무릎을 꿇고 앉아 있더랍니다. 머리는 베게 높이쯤에 두고 앉은 채였는데, 푸른빛이 나는 거인 같은 여인의 팔에 안겨 있었대요. 그 거대한 여인이 남편을 두 팔로 꽉 안아 힘껏 조르고 있더랍니다.

그 불쌍한 여인은 그 말을 나에게 스무 번이나 반복했는데……. 그게 누군지 알아보았다는 거예요. 선생은 짐작이 가시나요? 글쎄, 페르오라드 씨의 청동 비너스 동상이었다는 겁니다. 그 청동상이 이 고장에 있게 된 이래로 모두 꿈꾸듯 헛소리를 하고 있어요. 아무튼 그 불쌍한 여인의 진술을 계속 들려주지요.

그 광경을 보고 그 여자는 기절하고 말았답니다. 아마도 판단력은 그 이전부터 잃었을 겁니다. 자기가 얼마간 기절했는지 알 수 없다고 하니까요. 제정신이 돌아왔을 때 그녀는 그 유령을 아니, 그녀가 여전히 주장하듯이 그 동상을 다시 보았답니다. 두 다리와 하체는 침대 위에 그대로 두고, 상체와 두 팔은 앞으로 뻗어 그 팔 사이에 남편을 껴안은 채 꼼짝않고 있더랍니다. 그때 닭이 울었대요. 그러자 동상은 침대에서 나와 시체를 바닥에 떨어뜨리고는 밖으로 나갔답니다. 알퐁스 부인은 초인종에 매달렸고 그 나머지 이야기는 선생이 알고 계신 그대로입니다."

스페인 사람이 잡혀 왔다. 그는 차분했고, 아주 냉정하고 재치 있게 자기변호를 했다. 게다가 그는 내가 들었던 말을 부인하지 않았다. 그가 한 말에는, 잘 쉬고 나면 다음 날 스쿼시 게임에서는 이길 수 있을 거라는 의미 외에 다른 뜻은 없었다고 주장했다. 나는 그가 덧붙인 말을 기억한다.

"아라곤 사람은 모욕을 당했다고 느끼면 복수를 위해 다음날을 기다리지 않아요. 알퐁스 씨가 나를 능욕하려 했다는 생각이 들었다면 나는 그때 당장 그의 배에 칼을 찔렀을 겁니다."

그의 신발 자국을 정원에 난 발자국과 비교해보았지만,

그의 신발이 훨씬 더 컸다.

마지막으로 그 남자가 머물렀던 숙소의 주인은 그 아라곤 사람이 병든 노새 한 마리를 밤새도록 문질러주고 약을 발라주며 돌보았다는 사실을 확인해주었다.

더구나 아라곤 사람은 평판이 아주 좋았고 장사를 위해 해마다 들르는 이 고장에 널리 알려진 인물이었다. 결국 그는 도리어 이쪽의 사과를 받고 풀려났다.

알퐁스가 살아있을 때 마지막으로 그를 보았다는 하인의 진술을 잊어버리고 있었다. 그것은 알퐁스가 아내의 방으로 올라가려던 순간이었다. 그는 하인을 불러 초조한 기색으로 내가 어디 있는지 아느냐고 물었다고 한다. 하인은 나를 전혀 보지 못했다고 대답했다. 그러자 알퐁스는 한숨을 쉬고 잠시 아무 말이 없더니 이렇게 말했다고 한다.

'옳지, 그래! 악마가 그분도 데려갔나 보군!'

나는 하인에게 알퐁스와 이야기하고 있을 때 혹시 그의 다이아몬드 반지를 보지 못했느냐고 물었다. 하인은 대답을 머뭇거리다가 못 본 것 같다며, 자기는 반지에 아무런 주의도 기울이지 않았다고 했다. 그리고 기억을 되살리며 덧붙였다.

"만일 주인님 손가락에 반지가 있었더라면 제가 분명히 알아봤을 겁니다. 왜냐하면 반지는 이미 알퐁스 마님에게 주었다고 믿고 있었으니까요."

하인을 심문하면서 나는 알퐁스 부인의 진술이 온 집안에 미신의 공포를 퍼뜨렸음을 깨달았다. 검사는 미소를 지으며 나를 바라보았고, 나는 내 생각을 주장하지 않았다.

알퐁스의 장례가 치러지고 나서 몇 시간 후에 나는 일르를 떠날 채비를 했다. 페르오라드 씨의 마차가 나를 페르피냥까지 데려다주기로 했다. 허약해진 상태인데도 그 가엾은 노인은 정원 입구까지 나를 배웅하고 싶어 했다. 우리는 말없이 정원을 가로질렀고 그는 내 팔에 의지한 채 겨우 몸을 이끌었다.

헤어지는 순간에 나는 마지막으로 비너스에게 시선을 던졌다. 나는 설령 집주인은 동상이 그 집안에 공포와 증오를 불어넣었다는 데 조금도 동의하지 않는다고 해도, 끊임없이 끔찍한 불행을 환기하는 대상을 해체해버리고 싶어 할 거라고 넘겨짚었다. 그래서 동상을 박물관에 안

치하라고 그에게 충고할 생각이었다. 본론을 꺼내기 전에 나는 좀 망설였다.

그때 페르오라드 씨가 무심코 내가 응시하는 곳으로 고개를 돌렸다. 그리고 거기에 있는 동상을 보았고, 그 즉시 그는 눈물을 쏟아냈다. 나는 그를 안아주었고 하려던 얘기는 한 마디도 꺼내지 못한 채 마차에 몸을 실었다.

내가 떠나온 이래, 어떤 새로운 서광이 나타나 그 불가사의한 재앙을 밝혀냈다는 소식은 전혀 들려오지 않았다.

페르오라드 씨는 아들이 죽은 뒤 몇 달 후에 숨을 거두었다. 유언에 따라 그의 원고가 나에게 전해졌고, 나는 조만간 그것을 출간하게 될 것이다. 원고에서 나는 비너스에 새겨진 글자들에 관련된 논문은 찾아볼 수 없었다.

추신

내 친구 드 페는 그 동상이 더는 존재하지 않는다는 편지를 페르피냥에서 보내왔다. 남편의 사망 이후 페르오라드 부인이 맨 먼저 몰두한 일은 동상을 녹여 종으로 만드는 일이었고, 새 형태를 부여받은 동상은 일르의 교회에서 사용되었다. 하지만 그 청동을 소유한 사람들에게 악운이 뒤따르는 듯하다고 드 페는 덧붙이고 있었다. 그 종소리가 일르 지방에 울려 퍼진 이래 그곳의 포도밭이 두 번이나 서리에 얼어버려 그만 큰 흉작이 들었다고 한다.

타망고

르두 선장은 마음씨 좋은 뱃사람이었다. 그는 평범한 선원으로 시작해서 조타수가 되었다. 트라팔가 해전에서 쓰러지는 마스트(돛대)에 깔리는 바람에 왼손이 부러졌고, 절단 수술을 받은 후 훌륭한 신원 보증서와 함께 해임되었다.

하지만 휴식은 그에게 전혀 어울리지 않았다. 다시 배를 탈 기회가 생기자 이등항해사 자격으로 사략선(私掠船, 전시에 적선을 나포하도록 허가받은 민간 무장선)에 올랐다. 그는 몇 번의 해적질로 벌어들인 돈으로 책을 사들였고, 이미 실전을 통해 완벽하게 알고 있는 항해 이론을 본

격적으로 공부했다. 시간이 흘러 어느덧 그는 함포 세 개와 60명의 선원을 태운 작은 사략선의 선장이 되었다. 제르세이(노르망디 근처의 해협) 연안 항해선인 저지호 선원들의 머릿속에는 그가 떨쳤던 무훈이 여전히 생생했다.

하지만 평화는 그를 난처하게 만들었다. 전쟁을 치르는 중에 약간의 재산을 모았던 그는 영국인들을 희생시켜 재산을 더 불리고 싶었기 때문이다. 평화를 사랑하는 도매상인들에게 도움을 제공하는 일로 능력을 발휘했는데, 그가 결단성과 경험을 갖춘 인물로 알려졌기에 선박 한 척을 쉽사리 맡을 수 있었다. 흑인 노예 계약이 금지되었던 때였으므로 프랑스 세관의 감시를 속여야 했다. 그보다 더 위험한 일은 영국 순항함의 눈을 피하는 것이었다. 르두 선장은 '흑단 무역업자들(노예 매매를 하는 사람들이 스스로에게 붙인 이름)' 사이에서 매우 소중한 인물이 되었다.

오랫동안 선원 생활을 하다 보면 침체에 빠져버리는 사람들과는 달리 그는 혁신에 대한 뿌리 깊은 두려움 같은 게 조금도 없었다. 또한 상급직에서 빈번히 나타나는 인습적인 사고방식 따위도 전혀 없었다. 오히려 그는 물을 저장하고 보관하는 데 쓰던 철제 금고의 사용을 제일 먼저 선주에게 권유하기도 했다. 노예선에 다량으로 비축하던 수갑이나 체인들도 그의 배에서는 새로운 방식에 따라 제작되었고 녹이 스는 것을 방지하기 위해 정성 들여 니스 칠도 했다. 예전에는 상상도 할 수 없던 일이었다.

하지만 르두 선장이 노예선 선장으로 명성을 떨치게 된 것은 '브릭'이라는 범선의 제작을 직접 지휘한 일부터였다. 노예무역을 위해 만들어진 이 범선은 날렵한 돛을 두 개 달려 있고 전함처럼 길고 좁긴 했지만 아주 많은 수의 흑인을 태울 수 있었다. 그는 배의 이름을 '희망호'라고 지었다. 그리고 좁고 우묵하게 들어간 선박의 상갑판과 하갑판 사이를 1미터로 줄이자고 했다. 그 정도면 보통 키의 노예들이 편하게 앉아 있을 만한 합리적인 크기라고 주장하면서, 노예들이 서 있을 필요가 뭐가 있냐고 했다.

"미국 땅에 도착하면 실컷 서 있기만 할 텐데! 그때는 이렇게 앉아서 배를 타고 가던 시절이 그리워질걸……."

노예선을 탄 흑인들은 보통 배의 벽에 등을 바짝 붙이고 두 줄로 나란히 정렬했다. 그들의 두 다리 사이에 남겨진 공간이 다른 선박에서는 통로로 사용될 뿐이었지만, 르두 선장은 그 사이 공간에 노예들을 직각으로 겹쳐 앉게 할 생각을 했다. 결과적으로 그의 선박은 같은 항구의 다른 선박보다 열 명 정도의 흑인을 더 태울 수가 있었다.

부득이한 경우에는 더 실을 수도 있었다. 하지만 인간애를 가져야 했기에 한 사람당 적어도 길이 150센티미터, 넓이 60제곱센티미터의 공간을 주고는 6주 혹은 그 이상 걸리는 항해기간 중에 그 안에서 뛰놀라고 했다. 르두 선장은 이러한 자유자재의 치수를 정당화하기 위해 "왜냐하면 결국 흑인들도 어쨌거나 백인들처럼 인간이니까"라고 선주에게 말하곤 했다.

희망호는 훗날 미신을 믿는 사람들이 지적한 것처럼, 어느 금요일에 낭트를 출발했다. 조심스럽게 선박을 방문했던 검사관들은 수갑, 쇠고랑 그리고 왜 그렇게 부르는지 모르겠지만 '정의의 심판대'가 가득 들어 있는 여섯 개의 큰 차꼬(큰 죄를 지은 죄인의 두 발목을 채우던 간 나무토막)를 발견하지 못했다.

검사관들은 또한 희망호가 싣고 가게 될 어마어마한

양의 물에 대해서도 전혀 놀라지 않았다. 서류에 의하면 희망호는 세네갈까지만 갈 것이고 그곳에서 목재와 상아 무역을 하기로 되어 있었는데도 말이다. 항해가 길지 않은 건 사실이지만, 미리미리 준비한다고 나쁠 일은 없다. '잔잔한 날씨에도 놀랄 판인데, 물이 없으면 어떻게 되겠는가?' 하고 말이다.

희망호는 모든 선구를 잘 갖추고 제대로 정비한 후 금요일에 출발했다. 르두 선장은 어쩌면 좀 더 견고한 마스트를 바랐을지도 모른다. 하지만 자신이 지휘하여 만든 선박이니 더 불평할 것도 없었다. 항해는 아프리카 해안까지 순조롭고 빠르게 이어졌다.

선박은 영국 순항함들이 해안 지역을 전혀 감시하지 않는 틈을 타서 세네갈 조알파디우트 항구에 정박했다. 그곳의 중개인들이 곧 배로 다가왔다. 더할 나위 없이 좋은 순간이었다. 왜냐하면 명성이 자자한 전사이자 인간 백정인 노예상인 타망고가 수많은 노예를 데리고 해변에 나타난 참이었다. 타망고는 그 지역에 필수품을 보급할 힘과 수단이 있다고 자신하는 사람으로서, 사들인 물자가 떨어지면 즉시 노예들을 싼값에 팔아버렸다.

르두 선장은 해변으로 내려가 타망고를 찾아갔다. 타망고는 급조한 밀짚 가옥 안에 두 아내, 몇 명의 부하 상인, 노예 브로커들과 함께 있었다. 타망고는 백인 선장을 맞이하기 위해 옷을 차려입었다. 하사 계급장이 아직도 붙어 있는 푸른색의 낡은 제복 차림이었다. 양어깨 위에는 같은 모양의 단추로 고정한 두 개의 금빛 견장이 매달려 있었는데, 하나는 앞으로 다른 하나는 뒤로 펄럭였다. 셔츠를 입지 않은 데다가 제복이 그의 키보다 좀 짧았기 때문에 웃옷의 흰 안감과 기니(Guinée)산 베 팬츠 사이로, 굵은 벨트처럼 널찍하게 띠를 형성한 검은 피부가 눈에 띄었다. 허리춤에는 밧줄을 이용해 기병대의 긴 칼을 찼고 손에는 멋진 영국제 2연발 권총을 들고 있었다. 이렇게 치장한 아프리카 전사는 자신의 우아함이 파리나 런던의 가장 완벽한 멋쟁이에 뒤질 것이 하나도 없다고 여기는 듯했다.

르두 선장은 잠시 말없이 그를 살펴보았다. 반면 타망고는 외국의 장군 앞에서 점검을 받는 정예병처럼 몸을 일으키더니 자신이 백인에게 깊은 인상을 주고 있음을 알고 그 시선을 즐기고 있었다. 르두 선장은 전문가답게 그를 꼼꼼히 살펴본 뒤에 부하를 돌아보며 말했다.

"이 녀석을 마르티니크까지 무사히 데려가면 적어도 1,000에퀴는 받겠어. 건강한 데다가 어디 한 군데 상처도 없어."

모두 자리에 앉았다. 그리고 욜프족(세네갈, 감비아 등 서아프리카에 퍼져 있는 민족)의 언어를 조금 알고 있던 선원 하나가 통역을 맡았다. 예의상의 첫 인사말을 주고받고 나서, 어린 견습 선원이 브랜디 병들이 담긴 바구니를 가져왔다. 모두 술을 마셨고, 선장은 타망고의 기분을 좋게 하려고 그에게 나폴레옹의 초상화를 새겨 장식한 예쁜 청동 화약통을 선물했다. 선물은 적절한 감사와 함께 받아들여졌다. 밀짚 가옥에서 모두 나와 브랜디 병을 앞에 두고 그늘에 앉았다. 타망고는 그가 팔기로 한 노예들을 데려오라고 신호했다.

노예들은 긴 행렬을 지어 나타났다. 피곤과 두려움에 몸은 구부정하게 굽어 있었고, 목은 칼로 옥죄어 있었다. 큰 칼의 양쪽 끝은 목을 쉽게 빼내지 못하도록 나무 빗장으로 막아놓았다. 큰 포크 모양으로 생긴 이 칼은 길이가 무려 2미터 가까이 되었는데, 걸을 때는 인솔자 중 우두머리가 첫 번째 노예의 칼자루를 자기 어깨 위에 멨다. 그 노예는 즉시 뒷사람인 두 번째 노예의 칼을 짊어지고, 두 번째 노예는 세 번째 노예의 칼을 메는 식으로 계속 이어졌다. 멈춰서야 할 때는 대열의 우두머리가 자기 칼자루의 뾰족한 끝부분을 땅에 박았다. 그러면 모든 노예가 멈춰 섰다. 2미터 길이의 두꺼운 막대기를 목에 걸고 있으니 도망쳐 달아날 생각은 꿈도 꿀 수 없는 게 자명했다.

자기 앞을 지나가던 각각의 남녀 노예들을 보며 선장은 어깨를 으쓱했다. 남자들은 허약하고, 여자들은 너무 늙거나 너무 어리다고 생각하면서 흑인 종족의 퇴화를 불만스러워했다.

'모두 퇴화하고 있어. 옛날에는 아주 달랐는데 말이야. 여자들은 5피트 6인치로 키가 컸고, 뱃머리의 큰 닻을 들어 올리는 대잠수함의 권양기도 남자 넷이면 거뜬히 들었는데…….'

하지만 그렇게 불평하면서도 가장 튼튼하고 아름다운 흑인들을 첫 번째로 골라냈다. 그리고 그들에 대해서는 정상가를 지불하겠지만, 나머지는 값을 많이 내릴 것을 요구했다. 타망고는 자기 이익을 지키려 했다. 자신의 상품을 자랑했으며, 희귀해진 남자들과 노예교역의 위험 등을 들먹였다. 그는 백인 선장이 배에 실으려는 노예들에 대해 정당한 값을 요구하면서 결론을 지었다.

통역사가 타망고의 제안을 프랑스어로 말해주자마자 르두 선장은 놀라움과 분노로 뒤로 넘어질 뻔했다. 그는 끔찍한 저주를 몇 마디 중얼거리고 나서 이런 분별없는 사람과는 모든 거래를 중단하겠다는 듯이 자리에서 일어섰다. 그러자 타망고가 그를 붙들었다. 그리고 선장을 다시 앉히려고 안간힘을 썼다. 새 브랜디 병이 열렸고 논의가 재개되었다. 이번에는 흑인 측에서 백인의 제안이 제정신이 아닐 정도로 도를 벗어난 것이라고 항의했다. 모두 소리를 질렀고 오랫동안 다투었으며 브랜디를 엄청나게 마셨다.

그러나 브랜디는 두 공동 계약자들에게 아주 다른 효

과를 빚어냈다. 프랑스인은 술을 마실수록 자신이 제공할 것들을 줄여나갔지만, 아프리카인은 술을 마실수록 자신의 요구사항을 양보했다. 그리하여 바구니가 비었을 때는 합의에 도달했다. 질 나쁜 면직, 화약, 부싯돌, 대용량 브랜드 세 통, 잘 수리되지 않은 소총 50자루가 160명의 노예와 교환되었다. 선장은 거래를 승인하기 위해 반쯤 술에 취한 흑인의 손을 두드렸다. 그리고 노예들은 즉시 프랑스 선원들에게 넘겨졌다. 선원들은 서둘러 노예들의 나무 쇠스랑을 벗겨내고 그 대신 철제 굴레와 수갑을 주었다. 이것이 바로 유럽 문명의 우월성을 잘 보여주는 것이었다.

서른 명 남짓한 노예들이 아직 남아 있었다. 아이들, 노인들, 허약한 여자들이었다. 그러나 선박은 만원이었다. 쓰레기로 남은 노예들을 어찌할까 싶던 타망고는 선장에게 한 명당 브랜디 한 병을 받겠다는 제안을 했다. 그 제안은 유혹적이었다. 르두 선장은 낭트에서 상연되었던 〈시칠리아의 만종〉을 보았을 때를 기억해냈다. 그때 꽤 많은 숫자의 뚱뚱한 사람이 이미 꽉 찬 극장의 1층 뒷좌석으로 들어가 그럭저럭 자리를 잡고 앉을 수 있었다. 인간 신체의 압축성 덕분이었다. 그는 서른 명의 노예 중에서 좀 날씬한 스무 명을 선택했다.

그러자 타망고는 나머지 열 명에 대해서는 브랜디 한 잔씩만을 요구했다. 르두 선장은 마차를 타도 아이들은 반값만 내고 자리도 반만 차지한다는 걸 생각해냈다. 그리하여 그는 세 명의 아이들만 받기로 하고 더는 받지 않겠다고 선언했다. 타망고는 돌봐야 할 노예가 아직 일곱 명이나 남은 걸 보더니 총을 꺼내 제일 앞에 있는 여자에게 겨누었다. 그녀는 선장이 배에 실은 세 아이의 엄마였다.

"사요, 아니면 내가 이 여자를 죽일 거요. 브랜디 한 잔이 아니면 총을 쏠 거요."

타망고가 백인에게 말했다.

"이런! 저따위 여자를 나더러 어쩌라는 건가?"

르두 선장이 답했다.

타망고는 총을 쐈고 노예는 땅에 쓰러져 죽었다.

"자, 다음 사람."

타망고는 온몸이 부서진 노인에게 총을 겨누며 소리쳤다.

"브랜디 한 잔이냐, 아니면……."

타망고의 아내 한 명이 그의 팔을 잡고 방향을 트는 바람에 총알이 빗나갔다. 그녀는 남편이 죽이려고 했던 노인이 자신에게 왕비가 될 것이라는 예언을 했던 주술사였음을 알아보았기 때문이다.

이미 위스키에 흠뻑 취해 포악해진 타망고는 자기 의지를 거스르는 것을 보는 걸 참지 못했다. 그는 총대로 아내를 거칠게 때렸다. 그러고 나서 르두를 돌아보며 말했다.

"자, 이 여자를 자네에게 줄 테니 가져가시오."

여자는 예뻤다. 르두 선장은 미소를 지으며 여자를 바라보더니 그녀의 손을 잡았다.

"이 여자를 어디다 쓸지 생각이 났네."

르두 선장이 말했다. 통역을 맡은 사람은 인간성이 있는 사람이었다. 그는 코담배 한 갑 값을 타망고에게 건네고 남은 여섯 명의 노예를 요구했다. 그는 그들의 칼을 벗겨내주고 어디든 마음대로 떠나라고 했다. 풀려난 노예들은 여기저기로 흩어졌지만 해변에서 80킬로미터나 떨어진 자기 마을로 어떻게 돌아가야 할지 난감해했다.

어쨌거나 르두 선장은 타망고에게 작별인사를 하고 짐들을 서둘러 배에 싣는 일에 몰두했다. 순항선이 나타날 수 있으므로 해변에 오래 머무는 일은 신중하지 않았다. 이튿날에는 출항할 수 있도록 준비를 서둘렀다. 타망고는 브랜디에 찌들어 풀밭 그늘에 누워 잠이 들었다.

그가 깨어났을 때 선박은 벌써 항해 중이었고 이미 강을 따라 내려가고 있었다. 전날의 폭음에 여전히 머릿속이 뒤엉켜 있던 타망고는 자기 아내인 에쉐를 찾았다. 그러자 사람들이, 그녀가 그의 기분을 상하게 하여 백인 선장에게 여자를 선물로 주었으며 선장은 그녀를 배에 태워 데려갔다고 대답했다. 그 얘길 듣고 아연실색한 타망고는 자기 머리를 쿵쿵 때리더니 총을 집어 들었다. 강물은 바다에 이르기 전에 여러 갈래로 흩어지기 때문에 타망고는 가장 빠른 물길을 택해 하구에서 반 리 떨어진 작은 만에 도착했다. 그곳에서 작은 보트를 구해 그 배를 타고 범선을 따라잡을 생각이었다. 강의 굴곡은 범선의 항해를 지체시킬 것이다. 그의 생각은 틀리지 않았다. 그는 보트를 탔고 노예선을 따라잡을 시간이 있었다.

타망고를 본 르두 선장은 깜짝 놀랐고, 아내를 되돌려 달라는 소리에 더더욱 놀랐다.

"한 번 준 것은 되돌려받을 수 없지."

선장은 그렇게 대답하고는 등을 돌렸다. 흑인은 노예 교환으로 받은 물건들 일부를 되돌려주겠다며 끈질기게 요구했다. 선장은 웃음을 터뜨렸다. 그리고 에쉐가 아주 참한 여자라며 그녀를 간직하고 싶다고 했다. 그러자 불쌍한 타망고는 눈물을 쏟아내며 외과 수술을 받은 불행한 환자들의 절규만큼이나 고통스러운 비명을 질렀다. 그는 사랑하는 에쉐를 소리쳐 부르며 갑판 위를 뒹굴기도 했고, 죽기라도 하려는 듯이 마룻바닥에 제 머리를 찧기도 했다. 여전히 냉담한 선장은 그에게 해변을 가리키며 이제 그만 떠날 때가 되었다는 신호를 보냈다. 하지만 타망고는 완강하게 버텼다. 그는 자신의 황금 견장과 총과 칼까지 내놓았다. 하지만 모든 게 소용없었다.

이런 언쟁이 벌어지는 사이, 희망호의 항해사가 선장에게 말했다.

"간밤에 세 명의 깜둥이들이 죽었습니다. 자리가 빈 셈

이죠. 그러니 죽은 세 명 몫을 하고도 남을 저 튼튼한 놈을 데려가도 되지 않겠습니까?"

르두 선장은 잠시 생각했다. 타망고를 데려가면 저놈 하나로 1,000에퀴 이상을 받을 것이다. 그로서는 이번 여행이 아마 그의 마지막 기회가 될 것이다. 재산은 모았고, 이제 노예무역을 포기하려는 그에게 기네 해변에 그의 평판이 좋게 남든 나쁘게 남든 별로 중요한 일이 아니다. 게다가 해변에는 아무도 없고 눈앞의 아프리카 전사는 완전히 내 손에 달려 있다. 단지 그에게서 무기만 빼앗으면 된다. 그가 무기를 가지고 있는 동안 그를 건드리는 일은 위험할 것이기 때문이다.

그리하여 르두 선장은 아름다운 에쉐만큼의 가치가 있는 건지 살펴보고 확인해야 한다면서 타망고에게 무기를 달라고 했다. 방아쇠를 만져보는 척하면서 그는 조심스럽게 총의 약실에 들어 있는 화약을 눈에 띄지 않게 바닥에 버렸다. 그러는 사이 항해사는 칼을 만져보고 있었다.

그렇게 무장이 해제된 타망고를 두 명의 건장한 선원들이 덮쳤다. 그를 엎드려 눕히고는 밧줄로 포박할 준비를 했다. 흑인의 저항은 용맹했다. 깜짝 놀라 정신을 차린 흑인은 불리한 자세에도 불구하고 두 선원에 대항하며 한참을 싸웠다. 엄청난 힘으로 버텨내던 그는 마침내 벌떡 일어설 수 있었고 자신을 올가미로 묶으려는 선원을 한 방에 쓰러뜨렸다. 자신의 옷깃을 붙잡고 늘어지는 또 다른 선원을 그대로 둔 채 그는 칼을 빼앗으려고 난폭한 미치광이처럼 항해사에게 달려들었다. 항해사는 칼로 그를 내리쳤고, 깊지는 않지만 큰 상처를 냈다. 타망고는 두 번째로 쓰러졌다. 그 즉시 그의 손과 발이 단단히 묶였다. 그는 저항하며 분노의 소리를 질렀고 천막에 갇힌 멧돼지처럼 몸부림쳤다. 하지만 온갖 저항이 무용하다는 걸 알았을 때, 눈을 지그시 감고 조금도 움직이지 않았다. 거칠고 격한 숨소리만이 그가 여전히 살아있음을 증명했다.

“아무렴! 흑인들은 자기들을 팔아넘긴 자가 노예가 된 꼴을 보면 희희낙락할 테지! 이번에야말로 하늘이 무심하지 않다는 걸 알게 될 거야.”

르두 선장이 소리쳤다. 그러는 사이 타망고는 피를 많이 흘리고 있었다. 그 전날 여섯 명의 노예를 구해줬던 인정 많은 통역사가 타망고에게 다가와 상처에 붕대를 매어 주고 위로의 말을 건넸다. 그가 무슨 말을 할 수 있었는지 나는 모른다. 흑인은 시체처럼 꼼짝도 하지 않았다. 두 명의 선원이 그를 짐짝처럼 들어 그의 자리로 정해진 갑판 사이로 옮겼다.

이틀 동안 그는 먹지도 마시지도 않았다. 기껏해야 눈을 뜬 모습을 볼 수 있었다. 예전에는 그에게 묶여 있었으나 지금은 같은 신세가 된 동료들은 그가 자기들과 함께 있는 걸 보고 어안이 벙벙했다. 그러나 그가 여전히 내뿜는 두려움에 자신들을 비참하게 만들어버린 사내의 비참한 상황에 대해서는 누구도 감히 욕설을 퍼붓지 못했다. 타망고는 그렇게나 무서운 사람이었다.

대륙풍 덕분에 배는 아프리카 연안을 빠르게 벗어났다. 영국 순항함에 대한 근심은 벌써 사라진 채 선장은 오직 자신을 기다리고 있는 막대한 이득만을 생각하며 식민지로 향했다. 그의 배는 아무 손상 없이 유지되고 있었다. 전염병에 걸린 사람도 없었다. 가장 허약한 흑인 12명만이 열기로 사망했으나 대수롭지 않았다.

자신의 인간 재산이 피곤한 항해에 덜 고통스러워하도록 매일 같이 노예들을 갑판 위로 올라가게 할 생각이었다. 불행한 노예들은 3분의 1씩 돌아가며 하루 한 시간씩 그날의 공기를 비축하였다. 그때마다 혹시 모를 반동에 대비하여 철저히 무장한 선원들이 노예들을 감시했다. 더구나 노예들의 칼은 절대 벗겨주지 않았다.

이따금 바이올린을 켤 줄 아는 선원 하나가 콘서트를 열어 노예들을 달래주기도 했다. 그럴 때면 모든 노예의 얼굴이 연주자 쪽을 일제히 향하는 신기한 장면이 연출되었다. 그들은 어리석은 절망의 표정을 차츰 잃어가며 크게 웃기도 하고 체인이 허락하는 한도 내에서 손뼉을 치기도 했다. 운동은 건강에 필수적이었다. 르두 선장은 건강을 위해 노예들이 춤추게 했다. 긴 항해에 실려 가는 말들을 자극해 발을 구르게 하는 것과 같은 이치였다.

"자, 어서들 춤춰, 즐겁게 추며 마음껏 즐기고 놀라고!"

르두 선장은 굵은 채찍으로 갑판을 때리며 흑인들을 재촉했다. 그러면 가엾은 노예들은 펄쩍펄쩍 뛰며 춤을 추었다.

상처를 입어 한동안 갑판에 올라오지 못하고 갑판의 승강구에 묶여 있던 타망고가 마침내 갑판 위에 나타났다. 우선 그는 겁에 질린 노예 무리 한가운데서 오만하게 고개를 쳐들고는 슬프지만 차분한 시선으로 선박 주변의 망망대해를 바라보았다. 그러더니 갑판 위에 누워버렸는데, 몸을 불편하게 할 쇠사슬이 불편하게 몸을 조여와도 아랑곳하지 않은 채 한참을 그렇게 있었다.

고물 부분의 상갑판에 몸을 기댄 채 앉아 있던 르두 선장은 조용히 파이프 담배의 연기를 휘날리고 있었다. 그럴 때면 항상 그의 곁에는 쇠스랑을 차지 않은 에쉐가 있었다. 우아한 파란 면직 드레스에 예쁜 모로코가죽 실내화를 신은 그녀는 술 쟁반을 손에 들고 선장의 시중을 들고 있었다. 그녀는 선장 곁에서 높은 직책을 수행하는 게 분명했다. 타망고를 증오하던 한 흑인이 타망고에게 그 모습을 바라보라는 시늉을 했다. 고개를 돌려 에쉐를 본 타망고가 소리를 질렀다. 감시하던 선원들이 선박의 규칙을 위반하는 그를 제지할 틈도 없이, 맹렬한 기세로 벌떡 일어나 갑판 뒤편을 향해 달려갔다.

"에쉐!"

그가 벼락같은 소리로 불렀다.

"백인들 나라에는 마마 점보가 없는 줄 알아?"

에쉐는 공포의 비명을 질렀고 선원들이 몽둥이를 들고 나타났다. 하지만 팔짱을 낀 타망고는 무관심한 듯 조용히 제자리로 돌아갔다. 한편 눈물범벅이 된 에쉐는 그 수수께끼 같은 말에 돌처럼 굳어버린 모습이었다.

통역사는 이름만으로도 그토록 공포를 불러일으킨 마마 점보가 무엇인지 설명해주었다.

"그건 흑인들의 귀신이죠. 아내가 제 의무를 하지 않아 걱정될 때면 아프리카의 남편들은 마마 점보로 아내를 위협합니다. 나는 그 마마 점보를 봤고 그게 속임수라는 걸 알았어요. 하지만 흑인들은 단순해서 그걸 의심하는 사람이 한 명도 없어요.

어느 날 저녁 아내들이 폴파르라는 춤을 추면서 놀고 있다고 상상해보세요. 그런데 아주 울창하고 어두운 작은 숲에서 이상한 음악 소리가 들려요. 악기를 연주하는 사람은 전혀 보이지 않는데 말이에요. 모든 연주자가 숲에 숨어 있었던 거죠. 갈대 플롯 소리, 나무 북소리, 발라포스(실로폰과 비슷한 아프리카의 타악기) 소리, 호리병박을 반으로 잘라 만든 기타 소리. 이 모든 소리로 악마를 땅으로 불러들이는 곡조를 연주해요.

아내들은 그 음악을 듣자마자 부들부들 떨기 시작하죠. 아내들은 도망을 치려 하지만 남편들에게 붙잡혀요. 그녀들은 이제 곧 자신들에게 닥칠 일을 잘 알고 있었죠. 갑자기 숲속에서 크고 흰 물체가 나타나요. 이 배의 돛대만큼 큰 키에 함지박만큼 크고 뚱뚱한 얼굴, 닻줄 구멍만큼 커다란 눈, 악마처럼 불길이 활활 타오르는 아가리. 그런 것이 천천히 어슬렁거리며 걸어 나와요. 그렇게 100미터도 걸어가지 못해요.

아내들은 '마마 점보다!'라고 소리를 지르고 마치 굴 장사들처럼 고함을 쳐대죠. 그때 남편들이 아내들에게 말합니다. '봐라, 음탕한 여자들아! 너희들이 얌전하게 굴었는지 말해봐라. 거짓말하면 마마 점보가 너희들을 날로 먹어 치울 거다.' 그러면 순순히 간음을 자백해버리는 여자들이 있게 마련이고 그러면 남편들은 사정없이 두들겨 패곤 하죠."

"그러면 대체 그 마마 점보라는 흰 물체는 뭔가?"

선장이 물었다.

"그거야 물론 흰 천을 뒤집어쓴 남자지요. 머리에 쓴 건 크고 단단한 호박껍질인데 긴 막대기 끝에 매달아 촛불을 밝혀 그 속에 집어넣은 거죠. 그다지 교활한 것도 아닌데 흑인들은 별거 아닌 걸로도 속더라고요. 어쨌든 마마점보는 괜찮은 술책이에요. 내 아내도 그런 걸 믿으면 좋겠어요."

르두 선장이 통역의 말을 받아 한마디했다.

"내 아내는 마마 점보 같은 건 두려워하지 않지만 몽둥이는 겁내지. 아내가 술수를 부리면 내가 그 몽둥이를 어떻게 다룰지 아내가 잘 알고 있거든. 우리 르두 집안사람들은 참을성이 없어. 내 비록 손목이 하나밖에 없지만, 그 손목으로 밧줄을 꽤 잘 다루거든. 마마 점보를 들먹이는 저 얼간이한테 가서 얌전히 있으라고 하게, 여기 있는 착한 여자를 겁먹게 하지 말고 말이야. 그렇지 않으면 그 검은 엉덩이를 죄다 벗겨 로스구이를 만들어줄 거라고 하게나."

그렇게 말하고 선장은 자기 방으로 에쉐를 데려와 위

로해주려고 했다. 하지만 애무로도, 인내심 끝에 쳐든 매질로도 그 아름다운 흑인 여인을 달랠 수 없었다. 그녀는 하염없이 눈물만 쏟아낼 뿐이었다. 불쾌한 기분으로 다시 갑판으로 올라온 선장은 애꿎은 이등갑판장을 호되게 꾸짖었다. 처리명령을 내렸던 명령이 제대로 이루어지지 않았다면서 말이다.

밤이 되어 거의 모든 선원이 깊은 잠에 곯아떨어졌을 때, 보초를 서는 선원들의 귀에 이상한 소리가 들렸다. 그 소리는 처음에는 음산할 정도로 무겁고 장엄하기까지 했다. 잘 들어보니 중갑판에서 나는 소리였다. 가까이 귀를 대니 그 소리는 여인이 흐느끼는 날카로운 소리였다. 그런 다음에 곧바로 르두 선장의 걸걸한 욕설과 위협 그리고 무시무시한 채찍 소리가 선박 전체를 울렸다. 잠시 후 그 모든 게 침묵 속으로 사라졌다. 그다음 날, 타망고는 초췌해진 얼굴로 갑판 위에 나타났다. 하지만 얼굴에는 뭔가 결심한 표정이 역력했다.

갑판 뒤쪽의 선장 옆에 앉아 있던 에쉐는 타망고를 보자마자 느닷없이 달려갔다. 그리고 그 앞에 무릎을 꿇고 앉아 짙은 절망이 밴 음성으로 말했다.

"용서해줘요, 타망고! 부디 나를 용서해줘요!"

타망고는 잠시 그녀를 뚫어지게 쳐다보았다. 그리고 통역사가 곁에 없다는 것을 알고는 입을 열었다.

"줄톱이 필요해. 줄톱이!"

그러고는 에쉐에게 등을 돌린 채 갑판 위에 누워버렸다. 선장은 에쉐를 혹독하게 꾸짖고 따귀까지 몇 대 때리면서 전남편과 말하지 못하도록 했다. 하지만 선장은 두 사람이 그 짧은 순간 말을 나누었다고 생각할 수 없었고, 그래서 무슨 이야기를 나눴는지는 묻지 않았다.

타망고는 다른 노예들과 함께 갇혀 있는 동안 그들에게 자유를 되찾을 수 있게 노력하자며 밤낮으로 권고했다. 백인들의 숫자가 얼마 안 된다고 말해주고 감시자들이 나날이 소홀해지고 있다는 것을 주지시켰다. 그러고 나서 분명하게 설명하지는 않은 채, 그들 모두를 고향으로 데려갈 수 있다고 했고, 흑인들이 심취해 있던 신비술에 대한 지식을 떠벌이며 자기 계획에 동조하지 않는 자들은 모두 마귀의 복수를 받을 거라고 위협했다. 그렇게 장광설을 늘어놓을 때면 노예 대부분이 알아듣는 그들 종족의 방언만을 사용했기에 통역사는 그 말을 이해하지 못했다.

타망고의 명성과 그를 두려워하고 복종하던 노예들의 습관은 그의 연설에 놀라운 힘을 실어주었다. 흑인들은 타망고조차 아직 실행 여부를 확신하기 전인데도 자신들의 해방을 위한 날짜를 얼른 정해달라고 재촉했다. 그는 음모가담자들에게 아직 때가 오지 않았으며 그의 꿈속에 나타나는 악마가 아직 경고하지 않았다고, 하지만 신호가 오는 대로 결행할 수 있도록 단단히 준비하고 있어야 한다고 했다. 그러면서도 감시자들의 경계 태세를 실험해보는 기회를 절대 소홀히 하지 않았다.

한번은 선원 하나가 뱃전에 소총을 기대어 놓은 채 선박을 따라 헤엄쳐오는 날치 떼를 바라보고 있었다. 타망고는 슬며시 다가가 그 총을 집어 들고서 언젠가 보았던 선원들의 기괴한 소총 훈련 동작을 흉내 내며 총을 다루기 시작했다. 놀란 백인 선원은 얼른 다시 총을 빼앗았지만 어쨌든 타망고는 자신이 총을 집어도 그 행동이 별로 의심을 일으키거나 하지 않는다는 것을 알게 되었다. 타망고는 속으로 다짐했다. 백인들에게서 총을 빼앗는 날이 오게 될 것이고, 그날이 오면 이 경험을 소중히 써먹을 것이라고. 일단 타망고의 수중에 총이 들어가면, 제아무리 용맹한 사람도 그에게서 총을 빼앗는 일이 쉽지는 않을 것이다.

어느 날 에쉐는 타망고만 이해하는 신호를 보내면서 그에게 비스킷을 건네주었다. 비스킷 안에는 작은 줄톱이 들어 있었다. 음모의 성패는 바로 이 작은 도구에 달려 있었다. 처음에 타망고는 동료들이 그 줄톱을 보지 못하도록 조심했다. 하지만 밤이 되자 그는 이상한 동작을 곁들이며 알아들을 수 없는 말을 중얼거리기 시작했다. 그리고 점점 단계를 높여가더니 비명을 지를 정도로 흥분했다. 그 다양한 억양의 목소리를 듣고 있으면 마치 그가 보이지 않는 어떤 사람과 활기찬 대화를 하는 것 같았다. 모든 노예가 전율했고 악마가 바로 그 순간 그들 사이에 있다는 것을 의심하지 않았다. 타망고는 기쁨의 함성을 내지름으로써 이 장면의 막을 내렸다. 그리고 외쳤다.

"동지들이여, 정령께서 마침내 내게 약속했던 것을 주러 오셨다. 내 손안에 우리를 구원할 작은 도구가 들려 있다. 이제 너희들의 자유를 얻기 위해 약간의 용기가 필요하다."

그는 옆 사람들에게 줄칼을 만져보게 했다. 허술하기 짝이 없는 술책이었지만 그보다 더 허술한 사람들에게는 위력을 나타내게 마련이다.

긴 기다림 끝에 마침내 복수와 자유를 위한 날이 찾아왔다. 엄숙한 서약으로 맺어진 음모가담자들은 심사숙고 후에 서로 생사를 함께하기로 했다. 공기를 마실 순서가 되어 갑판 위로 올라갔을 때 타망고를 필두로 가장 힘센 자들이 감시자들의 무기를 빼앗기로 했다. 다른 사람들은 선장의 방으로 가서 그곳에 있는 소총들을 꺼내오기로 했다. 줄질로 쇠줄과 수갑 등을 먼저 끊는 데 성공한 사람들이 공격을 시작하기로 했다.

하지만 며칠 밤을 새워가며 끈질기게 줄질을 해댔지만 대다수의 노예는 여전히 쇠사슬에 묶여 힘 있는 행동에 참여할 수 없었다. 그리하여 먼저 자유의 몸이 된 건장한 흑인 세 명이 열쇠를 주머니에 가지고 있는 선원을 죽이고 묶여 있는 동료들을 풀어주는 임무를 맡았다.

그날 르두 선장은 기분이 매우 좋았다. 그래서 보통 때와 달리 채찍질을 당해야 할 소년 선원에게 은총을 베풀었다. 당직 사관에게는 칭찬을 아끼지 않았고, 선원들에게 만족을 표시하며 곧 도착하게 될 마르티니크(서인도 제도의 동부에 자리 잡고 있는 소 안티유 제도의 화산섬)에서 모두에게 특별수당을 지급하겠다고 선언했다. 그토록 즐거운 소식을 들은 선원들은 벌써 그 수당을 어떻게 쓸까 하는 생각만 가득했다. 그들이 브랜디와 마르티니크의 혼혈 여인들을 생각하고 있을 때 타망고와 음모자들이 갑판 위로 올라왔다.

노예들은 수갑 잘린 게 보이지 않도록, 하지만 조금만 힘을 주면 끊어질 수 있도록 신경 써서 줄질했다. 게다가 그들은 쇠붙이 소리를 아주 잘 낼 줄 알아서 소리만 들으면 두 배의 무게를 차고 있는 듯했다. 잠시 공기를 들이마신 다음, 타망고가 예전에 전투에 나서기 전에 불렀던 집안의 무훈가를 선창하자 모두 손을 잡고 춤추기 시작했다. 춤이 고조되었을 때, 피곤함에 지친 듯한 타망고는 뱃전에 무심히 기대어 서 있던 어느 선원의 발치에 길게 누웠다. 그러자 다른 음모자들도 곁에서 따라 했다. 결국 각각의 선원이 여러 명의 흑인에 에워싸이게 되었다.

소리 나지 않게 금이 간 쇠붙이들을 끊어버린 타망고가 갑자기 큰 소리를 질렀고 그것이 신호가 되었다. 그는 옆에 있던 선원의 두 발을 잡아당겨 쓰러뜨린 후 배를 걷어차 총을 빼앗고는 당번병을 쏘아버렸다. 그와 동시에 감시하던 모든 선원이 살해되고 무기를 빼앗기고 목이 졸렸다. 사방에서 싸움하는 소리가 들려왔다.

수갑 열쇠를 갖고 있던 항해사는 맨 처음 살해당한 사람 중 하나였다. 쇠사슬에서 풀려난 흑인 노예들이 우르르 갑판 위로 몰려 올라왔다. 무기를 구하지 못한 흑인들은 기중기(캡스턴)의 막대기나 작은 배의 노를 대신 집어 들었다. 이때부터 유럽 선원들은 패색이 완연했다. 그런데도 몇몇 선원들은 배 후미의 갑판에서 저항했다. 그러나 그들에게는 무기도 결단력도 없었다.

르두 선장은 아직 살아 있었고 용기를 조금도 잃지 않

왔다. 타망고가 음모의 주동자임을 알아본 르두 선장은 타망고만 죽이면 나머지 흑인들은 저절로 무릎을 꿇는다는 것을 알고 있었다. 그리하여 그는 칼을 쥐고 소리 높여 타망고의 이름을 부르며 그에게 달려들었다. 타망고 역시 대뜸 그에게 달려들었고 소총의 총구를 손으로 잡아 마치 몽둥이처럼 휘둘렀다.

두 우두머리는 배의 앞뒤 갑판 사이를 연결하는 좁은 통로에서 맞부딪쳤다. 타망고가 먼저 선장을 후려쳤다. 백인은 몸을 살짝 움직여 공격을 피했다. 타망고의 총대가 바닥으로 떨어지며 부서졌고 그 거센 반동으로 타망고의 손에서 총이 튕겨 나갔다. 그는 비무장 상태가 되었고 르두 선장은 악마 같은 미소를 지으며 팔을 들어 올려 그를 찌르려 했다.

하지만 타망고는 아프리카 표범처럼 날렵했다. 그는 상대방의 품속으로 뛰어들어 칼을 쥐고 있던 백인의 손을 낚아챘다. 한 사람은 무기를 놓지 않으려 안간힘을 썼고 다른 사람은 그것을 빼앗으려고 기를 썼다. 그러다 격렬한 싸움으로 서로 얽힌 채 둘 다 넘어졌는데 아프리카인이 밑에 깔렸다. 그러나 용기를 잃지 않은 타망고는 있는 힘껏 상대방을 압박하고는 그의 목덜미를 거칠게 물어뜯었다. 사자의 이빨에 물린 듯 피가 솟구쳤다. 기절한 선장의 손에서 칼이 떨어졌다. 타망고는 그 칼을 집어 들고 벌떡 일어나 피에 물든 입으로 승리의 포효를 내지르며 이미 반쯤 죽은 적을 두 번 연달아 찔렀다.

승리는 이제 의심할 여지가 없었다. 몇 명 남지 않은 선원들은 노예들에게 자비를 호소했다. 하지만 하나도 남김없이, 그들에게 한 번도 해를 끼치지 않았던 통역사까지 모조리 가혹하게 학살했다. 일등항해사는 장렬한 죽음을 맞이했다. 그는 배의 후미 쪽으로 물러났는데 그 옆에는 산탄을 채워 놓은 회전식 작은 대포들이 있었다. 왼손으로는 대포를 조종하고, 칼을 든 오른손으로는 너무나 잘 대항하고 있었기에 그의 주변으로 수많은 흑인이 몰려들었다. 그러자 그는 대포의 총구를 눌러 주변에 빽빽이 몰려든 흑인 무리를 사망자와 사상자로 만들어버렸다. 그와 동시에 그의 몸도 산산조각이 났다.

찢기고 잘린 백인의 마지막 시체까지 바다에 모두 던

져버린 후, 복수에 충족된 흑인들은 눈을 들어 선박의 돛을 바라보았다. 시원한 바람에 실려 펄럭이는 돛은 여전히 그들의 압제자에게 복종하는 듯했고, 이겼는데도 승리자들을 속박의 땅으로 데려가는 듯했다. 그들은 우울하게 이런 생각을 했다.

'이제 어떻게 해야 하나. 백인들을 저렇게 무참히 죽였으니 그들을 보호해주던 이 배의 신께서 우리를 고향으로 돌아가게 해주시지는 않을 거야.'

몇몇 흑인이 아마 타망고라면 이 배를 굴복시킬 수 있으리라고 말했다. 그들은 당장 큰 소리로 타망고를 불렀다. 그러나 타망고는 별로 나서고 싶지 않았다. 그는 고물에 있는 선장의 방에 있었다. 한 손은 아직도 피가 묻어 있는 선장의 칼을 쥐고 바닥을 짚고, 다른 한 손은 무릎을 꿇은 에쉐가 퍼붓는 입맞춤에 맡긴 채로 근엄하지만 어딘지 어두운 표정을 지으며 서 있었다. 승리의 기쁨도 잠시였고 그의 태도에 드러나는 어두운 불안감을 가라앉히지 못했다. 그는 다른 흑인들보다 덜 무지했기에 자신이 처한 어려움을 더 잘 알고 있었다.

마침내 그는 마음속으로는 전혀 그렇지 않았지만 겉으로는 평온을 가장하며 갑판 위로 모습을 드러냈다. 배를 고향으로 돌리라는 사람들의 혼란스런 목소리에 눌려 그는 한순간이라도 자신을 포함한 모든 사람의 운명을 결정하는 시간을 늦추려는 듯이 천천히 키 쪽으로 다가섰다.

아무리 어리석은 흑인일지라도, 바퀴같이 생긴 것과 그 맞은편에 있는 상자 같은 것들이 움직여서 배가 앞으로 나아가고 있다는 것을 모르지는 않았다. 하지만 이런 기계적인 원리를 알 리 없는 그들로서는 배가 간다는 것이 신비하기만 했다. 타망고는 나침반을 흔들어 바늘을 움직이게 하여 오랫동안 살펴보았다. 잠시 후 그는 이마에 한 손을 대고 머릿속에서 뭔가 복잡한 계산이라도 하는 사람처럼 생각에 잠겼다. 모든 흑인이 그를 둘러싼 채 입을 벌리고 휘둥그레한 눈으로 타망고의 아주 작은 동작 하나도 놓치지 않고 걱정스레 바라보았다. 모든 것이 무지에서 나온 것이지만 그들은 걱정하면서도 우두머리에 대한 믿음을 저버리지 않았다. 마침내 타망고는 자신을 바라보는 사람들의 걱정과 믿음을 의식하면서 커다랗고 둥근 키를

온 힘을 다해 세게 돌렸다.

노예선 희망호는 이 갑작스러운 주인의 명령에 거센 파도를 일으키며 기우뚱거렸다. 마치 온순한 말이 느닷없이 옆구리를 찔러 오는 박차에 찔려 앞발을 들어 공중으로 솟구쳐 오르는 것만 같았다. 성난 선박이 무지한 조종사와 함께 침몰하려는 듯했다. 배가 전진하던 방향과 키의 방향 사이의 필수적인 균형이 갑자기 깨져버리자, 배는 심하게 기울어졌고 곧 바닷속으로 가라앉아버릴 것만 같았다. 돛의 기다란 활대는 물속에 잠겼다. 몇몇 사람이 뒤로 넘어졌고 몇몇은 뱃전 너머로 떨어졌다. 곧이어 배는 다시 한번 파괴적인 힘에 맞서려는 듯 파도에 맞서 거만하게 일어섰다. 바람이 그 힘을 증폭시켰고 갑자기 엄청난 소리를 내며 두 개의 돛대를 쓰러뜨렸다. 갑판에서 몇 발치 떨어진 곳에 부서진 돛대는 파편들과 무거운 그물 같은 밧줄들로 상갑판을 뒤덮었다.

놀란 흑인들은 공포의 비명을 지르면서 환풍 구멍을 통해 달아나려고 야단법석이었다. 하지만 바람이 더는 일지 않자 배는 다시 몸을 세웠고 몰려오는 파도에 몸을 실은 채 순순히 물결을 따라갔다. 그러자 용감한 흑인들이 상갑판 위로 올라왔고 갑판 위의 거추장스러운 잔해를 치웠다. 타망고는 나침반 상자 위에 팔꿈치를 기대고 포갠 두 팔 사이에 얼굴을 파묻은 채 꼼짝도 하지 않았다. 곁에 있던 에쉐도 그에게 아무 말도 붙일 수 없었다. 흑인들이 조금씩 다가왔고 중얼거리는 소리가 들리더니 이윽고 천둥 같은 비난과 욕설로 바뀌었다. 모두 타망고를 향해 외쳤다.

"이 배신자! 사기꾼! 이 모든 불행을 일으킨 건 너야! 네가 우리를 백인들에게 팔아버렸고, 그들에게 반항하도록 우리를 몰아갔어. 너는 지혜를 떠벌렸고 우리를 고향으로 데려다준다고 약속했어. 널 믿은 우리가 미쳤지! 네가 백인들의 배를 보호하는 신을 성나게 했기 때문에 우리는 이렇게 죽게 될 거야."

타망고는 결연한 태도로 머리를 들었고, 그 기세에 눌린 흑인들은 두려움에 떨며 뒤로 물러섰다. 타망고는 바닥에 떨어져 있는 소총 두 자루를 집더니 아내에게 자기를 따르라는 신호를 했고 길을 열어주는 군중을 가로질러 배의 앞머리로 향했다. 거기에다 그는 빈 통들과 널빤지들로 성벽 같은 걸 세웠다. 그리고 방어진지처럼 생긴 그곳 한가운데 들어앉았고 두 개의 총검을 위협적으로 내밀었다.

노예들은 그를 그냥 내버려두었다. 흑인 중에는 우는 사람들도 있었고 하늘을 향해 두 손을 올리면서 백인들의 배를 보호해주는 신에게 기도하는 자들도 있었다. 어떤 사람들은 끊임없이 움직이는 나침반을 감탄스럽게 들여다보면서 그 앞에 무릎을 꿇고 앉아 자기들을 고향으로 데려다 달라고 애원했다. 다른 사람들은 우울한 낙담에 빠져 상판 위에 누워 있었다. 이렇게 절망에 빠진 사람들 가운데서 공포에 질려 우는 여자들과 아이들이 모습을 드러냈고, 아무도 도와줄 생각을 하지 못한 스무 명의 부상자들이 도움을 요청하고 있었다.

그러던 중 느닷없이 한 흑인이 뱃전에 올라가 외쳤다. 그의 얼굴에는 이상한 기쁨이 감돌았다. 그는 자신이 방금 백인들이 브랜디를 보관한 장소를 발견했다고 했다. 그의 기쁜 표정과 자신에 찬 목소리로 보아 이미 그가 술맛을 보았다는 게 충분히 드러났다. 그 소식은 불행에 빠진 사람들의 비명을 한순간에 정지시켰다. 그들은 갑판의 식량 창고로 달려가 브랜디를 마셨다. 한 시간 후 그들은 갑판 위에서 펄쩍펄쩍 뛰며 웃어댔고 가장 난폭한 취기가 벌이는 온갖 기상천외한 일들에 몸을 맡겼다. 그들의 춤과 노래 속에 부상자들의 신음과 오열이 끼어들었다. 그날 하루와 밤은 이렇게 혼란 속에서 지나갔다.

다시 아침이 왔고 모두 눈을 뜨자 다시 새로운 절망이 시작되었다. 밤사이에 많은 부상자가 저세상으로 떠나갔다. 노예선은 이제 시체 운반선이 되어 있었다. 바다는 거칠었고 하늘에는 안개가 자욱했다. 사람들은 회의를 열었다. 이전 같으면 타망고 앞에서는 감히 입도 벙긋하지 못하던 몇몇 주술 견습생들이 자신들의 수완을 차례로 발휘했다. 그리하여 몇 가지 강력한 저주를 시도해보았고 실패할 때마다 절망이 더해졌다.

마침내 사람들은 다시 엄호 속에 처박혀 있는 타망고에게 말을 해보기로 했다. 어쨌거나 그가 그들 중 제일 유식한 사람이었고 그만이 이 무서운 상황에서 그들을 꺼내줄 수 있었다. 한 노인이 화해의 제안을 가지고 그에게 다가갔다. 노인은 제발 의견을 내 달라고 간청했다. 하지만 타망고는 콜리오라누스(고대의 장군)처럼 완고하게 그의 간청에 귀를 막았다. 간밤에 무질서가 난무하는 가운데 그는 비스킷과 소금에 절인 고기를 비축해두었다. 그는 자신의 은거지에서 혼자 살기로 한 듯이 보였다.

브랜디가 남아 있었다. 적어도 술은 바다와 노예 상태와 다가오는 죽음을 잊게 해주었다. 사람들은 자면서도 아프리카의 꿈을 꾸었다. 꿈에서 고무나무 숲과 밀짚 가옥들과 온 마을을 그늘로 덮어주는 거대한 바오밥 나무들을 보았다. 전날의 디오니소스 축제가 다시 시작되었다. 그렇게 며칠이 지났다. 소리 지르고 울고 머리를 쥐어뜯고 그러다가 술에 취해 잠이 들고, 이것이 그들의 삶이었다. 몇몇은 술을 너무 마셔 죽어버렸다. 어떤 이들은 바다에 뛰어들어 죽거나 단도로 제 몸을 찔러 자살하였다.

어느 날 아침, 타망고는 자신의 요새에서 나와 큰 돛대가 쓰러져 있는 곳까지 갔다. 그가 천천히 말했다.

"노예들이여, 어젯밤 정령이 내 꿈속에 나타나 너희들을 이곳에서 끌어내 고향으로 데려다줄 방법을 알려주었다. 너희의 배은망덕을 생각하면 그냥 버리고도 싶지만 울부짖는 이 여인들과 아이들이 불쌍하다. 너희들을 용서할 테니 내 말을 잘 들어라.”

모든 노예가 고개를 끄덕거리며 그의 주변에 몰려들었다. 타망고가 다시 입을 열었다.

“이 큰 배를 움직이게 하는 강력한 주문은 오로지 백인들만 알고 있다. 그들이 말을 해야만 이 배는 움직이는 것이다. 하지만 저기 보이는 우리 고향의 배들과 비슷한 작고 가벼운 배들은 우리 맘대로 움직일 수 있다.”

그의 손은 대형 구명정과 작은 구명보트들을 가리켰다.

“저 배에 식량을 싣고 모두 그 안에 탄 다음 바람의 방향대로 노를 젓도록 하자. 나의 신과 너희의 신들이 우리의 고향으로 바람을 불게 해줄 것이다.”

사람들은 모두 타망고의 말을 믿었다. 하지만 이보다 더 터무니없는 계획은 없었다. 나침반의 사용법도 모르고 여기가 어딘지도 모르는 바다에 내던져진 채 끝도 없이 파도에 밀려갈 것이다. 타망고의 생각에 따르면, 앞으로 곧장 노를 저어가면 언젠가 흑인들이 사는 땅에 이를 거라는 것이었다. 타망고는 흑인들은 땅에 살고 백인들은 배에 사는 것으로 알고 있었다. 그게 바로 타망고의 어머니가 늘 하던 이야기였다.

이렇게 해서 배를 내릴 준비를 서둘렀다. 하지만 작은 보트가 한 척 딸린 대형 구명정만이 사용 가능한 상태였고 나머지는 사용할 수 없을 정도로 망가져 있었다. 아직 살아있는 80여 명의 흑인을 태우기에는 턱없이 모자랐다. 부상자와 환자들은 모두 포기하는 수밖에 없었다. 남게 된 사람들은 자기들을 떼어놓기 전에 죽여 달라고 부탁했다.

이렇게 해서 넘치도록 사람을 싣고 몹시 힘겹게 물 위에 뜬 두 척의 배는 선박을 떠나 출렁이는 바다로 나아갔다. 지나치게 많은 짐을 싣고 떠난 배들은 언제 물속으로 가라앉을지 모를 정도로 위태로워 보였다. 타망고와 에쉐가 탄 구명정은 바로 뒤를 이어 출발했지만 지나치게 많은 짐을 실은 탓에 훨씬 뒤에 처졌다. 배에 남겨진 사람들의 원성이 계속해서 들려왔다.

그때 꽤 강력한 파도가 뱃전을 때리더니 구명정 안으로 넘쳐 들어왔고, 이 바람에 배는 한쪽으로 기우뚱거렸다. 출발한 지 채 1분도 안 되어 배는 그만 물속으로 가라앉고 말았다. 앞서가던 작은 보트에서는 이들의 재난을 볼 수 있었다. 그러자 난파자들을 받아들여야 할지도 모른다는 두려움에 노 젓는 사람들은 두 배로 힘을 내어 배를 저었다. 구명정에 탔던 거의 모든 사람이 익사했다. 열두 명만이 헤엄을 쳐 다시 희망호로 돌아갈 수 있었다. 그들 중에 타망고와 에쉐도 있었다.

해가 지자 작은 보트가 수평선 뒤로 사라지는 모습이 보였다. 하지만 그 배에 탄 사람들에게 닥친 일은 누구도 모른다. 굳이 기아의 고문에 대한 구역질 나는 묘사를 할 필요는 없을 것이다.

희망호 위에 올라탄 스무 명 정도의 사람들은 때로는 폭풍우 치는 바다와 싸우기도 하고, 때로는 이글거리는 태양에 화상을 입으며, 갈수록 모자라는 식량 때문에 싸우지 않을 수가 없었다. 비스킷 한 조각을 두고 싸움이 벌어졌고 힘이 없는 자는 죽을 수밖에 없었다. 힘센 자가 그를 죽여서가 아니라 그를 죽게 내버려 두었기 때문이다. 며칠이 지나자 희망호에는 타망고와 에쉐 빼고는 살아남은 사람이 없었다.

유난히도 바람이 세게 불고 파도가 높이 치던 어느 날 밤이었다. 너무 캄캄한 어둠이라 선실에서는 뱃머리가 보이지 않았다. 에쉐는 선장의 방 매트 위에 누워 있었고 타망고는 그녀의 곁에 웅크리고 앉아 있었다. 두 사람은 한참 전부터 침묵을 지키고 있었다. 마침내 에쉐가 입을 열었다.

"타망고, 당신을 괴롭히는 모든 것, 당신의 그 모든 고통은 나 때문이에요."

"아니야. 나는 괴롭지 않아."

타망고가 불쑥 말했다. 그리고 매트 위에 몸을 던져 아내 옆에 누웠다. 그에게는 비스킷 반 조각이 남아 있었다.

"그거 갖고 있어요. 나는 이제 배고프지 않아요. 게다가 뭣 하러 먹어요? 나도 곧 죽지 않겠어요?"

그녀가 부드럽게 과자를 밀치며 말했다.

타망고는 대꾸 없이 일어서더니 휘청거리며 갑판 위로 올라가 부러진 돛대 밑에 앉았다. 얼굴을 가슴에 파묻은 채 그는 옛날 집에서 부르던 가족의 노래를 휘파람으로 불렀다. 그때 갑자기 바람 소리 바로 위로 비명이 크게 들려왔고 불빛이 비쳤다. 곧이어 다른 소리가 들리더니 커다란 검은 선박이 빠르게 그의 배 옆으로 미끄러져 왔다. 돛대 측면이 그의 머리 바로 위로 지나갈 정도로 너무나 가까이 다가와 있어서, 그 배의 활대가 스쳐 지나갈 때 타망고가 얼른 머리를 숙이지 않았다면 그 자리에서 즉사할 뻔했다. 돛대에 매달린 등불에 비친 두 개의 얼굴을 잠시 볼 수 있었을 뿐이다. 아마도 이 초병들은 난파선을 보았을 것이다. 두 사람이 목청껏 소리쳤지만 거센 바람 탓에 도저히 배를 돌려놓을 수는 없었다.

잠시 후 타망고의 눈에는 대포에서 뿜어져 나오는 불빛이 들어왔고, 이어서 뭔가가 폭발하는 소리가 들렸다. 그러고 나서 또 다른 대포의 불길이 보였지만 아무 소리도 나지 않았다. 그런 다음에는 더는 아무것도 보이지 않았다.

이튿날 수평선에는 아무것도 나타나지 않았다. 타망고는 매트에 다시 누워 눈을 감았다. 그의 아내 에쉐는 그날 밤에 죽었다.

얼마나 많은 시간이 흘러갔는지 나로서는 알 길이 없

다. 어쨌든 그 후 주변을 지나가던 한 영국 순항함 '벨론호'가, 돛이 부러지고 선원들이 버리고 간 것으로 보이는 유령선 같은 이 난파선을 발견했다고 한다. 그 선박을 얼마 후에 발견했는지는 알 수 없다. 소형 보트를 타고 선박에 다가가보니 죽은 흑인 여자와 너무나 삐쩍 마르고 허약하여 흡사 미라 같은 흑인이 있었다. 그는 의식은 없었지만 숨은 아직 쉬고 있었다. 의사가 그를 실어가 보살펴주었다. 벨론호가 킹스턴항(자메이카에서 거장 규모가 큰 항구)에 접근했을 때 타망고의 건강 상태는 거의 완쾌된 상태였다.

사람들이 그에게 자초지종을 물었고 타망고는 자기가 겪은 이야기를 전부 들려주었다. 섬의 농장주들은 그를 반역죄로 몰아 목매달기를 원했다. 하지만 인간적이었던 그곳의 통치자는 그에게 관심을 가졌고, 그의 사정을 옹호할 만하다고 생각했다. 어쨌든 그는 정당방위권을 사용했을 뿐이고, 그가 죽인 건 프랑스인이지 영국인이 아니었기 때문이다.

통치자는 몰수한 노예선에서 찾아낸 타망고를 다른 노

예들과 마찬가지로 다루기로 했다. 즉, 그에게 자유가 주어졌고 그는 그곳 정부를 위해 일할 수 있게 되었다. 일당 6실링과 음식 제공의 조건이었다. 타망고는 얼굴이나 몸매가 준수한 사람이었다. 75대대장은 그를 눈여겨보았고, 마침내 자기 대대 군악대의 심벌즈 주자로 고용했다. 타망고는 영어를 조금 배우긴 했지만 거의 입을 열지 않고 살았다. 반면에 그는 럼주와 타피아주(사탕수수의 당밀에서 추출한 주정으로 제작되는 독주)를 과도하게 마셨다. 그래서인지 그는 병원에 실려가 가슴에서 불이 난다고 하면서 숨을 거두었다.

에트루리아의 꽃병

오귀스트 생클레르는 사교계에서 조금도 인정받지 못했다. 가장 큰 이유는 그가 자기 마음에 드는 사람들에게만 잘 보이려고 했기 때문이었다. 마음에 드는 사람은 쫓아다니고 싫은 사람은 피해 다녔다. 게다가 그는 모든 일에 건성이었고 무관심했다.

어느 날 그가 이탈리아 극장에서 나오고 있을 때, A후작부인이 그에게 손탁 양의 노래에 대한 의견을 물었다. 그러자 그는 유쾌하게 웃으며 "네, 부인!"이라고 대답하고는 완전히 다른 생각에 몰두했다. 이런 어처구니없는 대답을 소심함으로 치부할 수는 없었다. 왜냐하면 그는 고관대작이나 저명인사 심지어 인기 있는 여자와 이야기할 때도 대등한 사람과 이야기하듯 당당한 태도였기 때문이다. A후작부인은 생클레르를 천하에 버릇없고 거만한 사람이라고 단정지었다.

B부인은 어느 월요일 저녁식사에 그를 초대했다. 그녀는 평소에 그와 이야기를 자주 나누던 사이였다. 부인의 집을 나오면서 그는 그렇게 사랑스러운 여자를 만난 적이 한 번도 없었다고 선언했다. 이 때문에 B부인은 한 달 동안 다른 사람들로부터 온갖 기지를 끌어모았고 어느 날 저녁 자기 집에서 그것을 풀어놓았다. 이번에는 생클레르가 좀 지루해했다. 또 한 번의 방문으로 그는 그녀의 살롱에 다시는 나타나지 말아야겠다는 결심을 굳혔다. B부인은 생클레르가 예의 없고 태도가 몹시 나쁜 사람이라고 공표하고 다녔다.

생클레르는 천성이 유연하고 다정한 사람이었다. 하지만 평생 가는 인상이 쉽게 각인되는 나이에, 감수성을 지나치게 밖으로 드러냈기에 친구들의 놀림을 받았다. 그는 자부심과 야심이 있었기에 아이들이 그러하듯 사람들의 견해에 집착했다.

그때부터 그는 수치스러운 약점으로 보이는 것은 무엇이든 밖으로 드러내지 않으려고 노력했다. 그의 목표는 성공했으나 대가를 비싸게 치렀다. 다른 이들에게 다정다감한 자신의 감정을 숨길 수는 있었지만 자기 속에 가두어놓은 그 감정이 그를 백배는 더 괴롭게 한 것이다. 사람들로부터 그는 무감각하고 무관심하다는 서글픈 평판을 얻었다. 홀로 있을 때 그의 불안한 상상력은 누구에게도 그 비밀을 털어놓고 싶지 않을 만큼 괴로운 고통을 만들어냈다.

'친구를 찾아내는 일은 사실 어려운 일이다. 어렵지! 그게 가능한가? 서로에게 비밀이 없는 두 사람이 존재할 수 있겠어?'

생클레르는 우정이란 걸 전혀 믿지 않았고 그 점은 눈에 드러났다. 그는 사교계의 젊은이들과 차갑고 신중한 태도를 유지했다. 그는 남들의 비밀에 대해 질문하는 법이 한 번도 없었고 그의 모든 생각과 대부분의 행동 또한 남들에게 비밀스럽게 남아 있었다. 하지만 프랑스 사람들은 자기 이야기를 하는 걸 좋아한다. 그래서 생클레르도 어쩔 수 없이 여러 속에 감추어진 이야기들을 듣게 되었다.

그의 친구들-친구란 일주일에 두 번은 같이 만나는 사람들을 일컫는다-은 자신들에 대한 그의 불신에 대해 불평하곤 했다. 사실 물어보지도 않았는데 자신의 비밀을 털어놓은 사람은 상대방의 비밀을 모른다는 사실로 인해 감정이 상하는 게 보통이다. 비밀 누설은 상호 간에 이루어져야 한다는 생각이다.

"그자는 입에 자물쇠를 채웠어. 그 망할 생클레르에 대해서는 아주 작은 속내도 결코 얻어낼 수 없을 거야."

어느 날 잘생긴 기병 중대장 알퐁스 드 테민이 말했다.

"내 생각에 그는 좀 예수회교도(예수회교도들의 위선적 태도를 빗댄 말) 같아. 누군가 생쉴피스 교회에서 나오는 그를 두 번이나 마주쳤다고 단언하던데, 그가 무슨 생각을 하는지는 아무도 몰라. 나는 그 녀석과 함께 있으면 절대로 마음이 편할 것 같지 않아."

쥘 랑베르가 대꾸했다. 두 사람은 그렇게 이야기를 나누고 헤어졌는데 알퐁스는 생클레르와 마주쳤다. 이탈리아 거리를 내려오고 있던 생클레르는 고개를 푹 숙인 채 아무도 보고 있지 않았다. 알퐁스가 그의 팔을 붙잡아 세웠다. 라페 거리에 도착할 때까지 알퐁스는 생클레르에게 XX부인과의 연애담을 모두 털어놓았다. 그녀의 남편이 너무 질투가 많고 거칠다는 말도 했다.

그날 저녁 쥘 랑베르는 에카르테 카드놀이에서 돈을 잃었고, 그는 춤을 추기 시작했다. 춤추다가 옆 사람과 팔꿈치가 부딪쳤는데, 그 사람 역시 돈을 모두 잃어 기분이 몹시 나쁜 상태였다. 몇 마디 심한 말이 오가다가 결국 결투하게 되었다. 쥘은 생클레르에게 결투의 입회인이 되어 달라고 부탁했고, 그 참에 돈도 조금 빌렸는데 그 돈을 갚는 일은 영원히 잊어버렸다.

어쨌거나 생클레르는 꽤 다루기 쉬운 사람이었다. 그의 결함은 자기 자신에게만 해가 될 뿐이었다. 그는 친절했고 대개는 다정했으며 성가시게 구는 일은 드물었다. 그는 여행도 독서도 많이 했는데, 누가 강요해야만 자신의 여행과 독서에 관해 이야기했다. 게다가 그는 키가 크고 몸매도 좋았다. 용모는 귀족적이고 재기발랄했으나 대개는 너무 근엄한 편이었다. 하지만 미소에는 우아함이 가득했다.

아! 중요한 사실을 한 가지 잊었다. 생클레르는 모든 여자에게 세심했고 남자들보다는 여자들과의 대화를 더 찾아다녔다. 그가 사랑을 했을까? 그건 단언하기 어렵다. 단지 이처럼 냉정한 사람이 사랑을 느낀다면 그가 선호하는 대상은 아름다운 마틸드 드 쿠르시 백작부인일 거라는 것만은 알 수 있었다.

싱클레르는 젊은 과부였던 백작부인의 집을 부지런히 드나들었다. 그들의 친밀한 관계를 단정짓기 위해 사람들은 다음과 같은 추정을 했다. 첫째, 생클레르는 백작부인에 대해 의례적으로 보일 정도로 태도가 공손하고 상대방 역시 똑같은 태도를 보인다는 점이다. 둘째, 사교계에서 절대로 그녀의 이름을 입 밖에 내지 않으려는 부자연스러운 태도나 혹은 마지못해 그녀에 대해 이야기할 때면 결코 작은 칭찬도 하지 않는 점이다. 셋째, 생클레르는 백작부인을 알기 전에는 음악을 열정적으로 좋아했고 백작부인은 미술을 그만큼 좋아했는데, 둘이 알게 된 이후로는 두 사람의 취향이 달라졌다는 점이다. 마지막으로, 작년에 백작부인이 온천에 갔을 때 생클레르도 엿새 후에 그녀 곁으로 떠났다는 점이다.

나는 역사가로서 다음과 같은 사실을 발표할 의무가 있다. 7월의 어느 날 밤, 해가 뜨기 얼마 전에 한 별장의 정원 문이 열리더니 어떤 남자가 마치 붙잡힐까 두려워하는 도둑처럼 매우 조심스럽게 그곳을 빠져나왔다. 그 별장은 쿠르시 부인 소유였고, 그 남자는 생클레르였다.

털옷을 감싸 입은 여자는 문 앞까지 그를 배웅했고 문 밖으로 고개를 내밀어 정원 담벼락으로 이어진 오솔길로 멀어져 가는 남자의 모습을 오래도록 바라보고 있었다. 생클레르는 멈춰 서서 조심스러운 눈길로 주변을 살피더니 그 여자에게 집으로 들어가라고 손짓했다. 여름밤의 환한 달빛은 그 자리에 여전히 꼼짝하지 않고 서 있던 그의 창백한 얼굴을 뚜렷이 드러냈다.

생클레르는 발걸음을 돌려 그녀에게 다가가 부드럽게 그녀를 품에 안았다. 그는 그녀에게 들어가라고 재촉하면서도 그녀에게 할 말이 여전히 많았다. 그들의 대화는 6분이나 계속되었는데, 그때 밭으로 일하러 나오는 농부의 목소리가 들렸다. 키스를 주고받은 뒤 문이 닫혔고 생클레르는 단숨에 오솔길 끝에 있었다.

그는 익숙한 길을 따라 걷고 있었다. 때로는 기쁨에 겨워 펄쩍펄쩍 뛰면서 지팡이로 덤불을 내려치며 달려갔다. 이따금 멈추어 서거나 천천히 걸으면서 동쪽 편을 자줏빛으로 물들이는 하늘을 바라보기도 했다.

반 시간 정도 걸은 후에 그는 여름철을 지내려고 세 들어 있던 작은 외딴집 앞에 도착했다. 그는 가지고 있던 열쇠로 문을 열고 집 안에 들어가 커다란 소파에 몸을 던졌다. 그렇게 누워 두 눈을 고정한 채 입가에는 부드러운 미소를 그리며 생각에 잠겼고 뜬 눈으로 몽상에 들었다. 상상력은 오로지 행복한 생각만을 떠오르게 했다. 매 순간이 정말 행복했다.

'드디어 내 마음을 이해하는 사람을 만났어! 그래, 그 여인은 내가 찾던 이상형이야! 친구이자 애인이야, 성격도 좋고! 마음은 또 얼마나 정열적인지! 그래, 그 여인은

나를 만나기 전에는 결코 사랑한 적이 없어.'

세상사에는 언제나 허영심이 끼어들기 마련인지라 그는 곧이어 '그녀가 파리에서 가장 아름답다'라고 생각했다. 그리고 동시에 그 여자의 온갖 매력을 머릿속에서 그려내고 있었다.

'사교계의 엘리트들이 모두 그 여자를 우러르고 있는데 그 여자는 나를 선택했다. 그 경기병 연대장은 잘생긴 데다 용감하고 그다지 건방지지도 않다. 그 젊은 작가도 수채화를 꽤 잘 그리고 속담극도 멋지게 연출하지 않는가. 발칸 산도 직접 보고 디어비치 휘하에서 근무했다는 러시아의 리블레이스도 있잖은가. 특히 카미유 T는 확실히 재기가 넘치고 훌륭한 매너에 이마에 멋진 칼자국(19세기 유럽의 청년 귀족들은, 이마에 난 칼자국을 용맹과 무훈으로 생각하며 치켜세웠다)도 있는데……. 그런데 이들의 요구를 모두 물리치고 나를 선택한 것이다!'

그러면서 또다시 후렴구처럼 덧붙였다.

'얼마나 행복한지! 정말 행복해!'

그는 자리에서 일어나 창문을 열었다. 숨을 쉴 수 없었기 때문이었다. 그러고 나서 산책을 했고 다시 소파에서 뒹굴었다.

행복한 연인은 불행한 연인 못지않게 권태로운 법이다. 내 친구 하나는 빈번히 두 가지 상황 중 하나에 빠져 있곤 했는데, 자신의 얘기를 털어놓으려면 나에게 훌륭한 음식을 제공하는 방법밖에 없었다. 밥을 먹는 동안만은 연애 얘기를 실컷 늘어놓을 수 있었으니까. 하지만 커피를 마시고 난 다음에는 반드시 화제를 바꾸어야만 했다.

나의 독자 모두에게 식사를 대접할 수는 없으므로 생클레르의 행복한 연애 이야기는 독자들에게 면제해주도록 할 것이다. 게다가 뜬구름 속에 언제까지나 머물러 있을 수는 없는 법이다.

생클레르는 피곤했다. 그는 하품했고 기지개를 켰으며 날이 훤히 밝아오는 걸 보았다. 마침내 그는 잠을 자야 한다고 생각했다. 잠에서 깨어 시계를 보았을 때는 옷을 입고 겨우 파리로 달려갈 시간이 남아 있었다. 알고 지내는 몇몇 젊은이와 파리에서 점심 겸 저녁을 먹기로 되어 있었다.

이제 막 또 한 병의 샴페인 마개를 뽑았다. 그것이 몇 병째인지는 독자의 상상에 맡기겠다. 다만 모두 동시에 말하고 싶어 하는 순간, 머리 좋은 사람들이 머리 나쁜 사람들의 걱정거리를 파악하기 시작한 순간이 왔다는 것만 알면 된다. 그리고 청년들의 식사시간에는 그런 순간이 꽤 빨리 온다.

"바라건대……."

알퐁스 드 테민이 말했다. 그는 영국에 관해 이야기할 기회는 절대 놓치지 않았다.

"영국에서처럼 파리에서도 자기 애인을 위해 건배하는 일이 유행이었으면 좋겠어. 그래야 우리의 친구 생클레르가 누구 때문에 한숨 짓는지 정확히 알 수 있을 테니까."

그렇게 말하면서 그는 자신의 잔과 옆 사람들의 잔을 채웠다. 생클레르는 조금 당황하면서 대답을 준비하고 있었다. 하지만 쥘 랑베르가 선수를 쳤다.

"그런 관습에 절대적으로 찬성! 그리고 채택!"

그러고는 자신의 잔을 쳐들며 말했다.

"파리의 모자가게 아가씨들(모자 제조직공을 쉽게 자기들의 정복 대상으로 삼던 당시 젊은 귀족들의 허세를 말한다)을 위해 건배! 30대 여자나 애꾸와 절름발이는 거기서 제외!"

"찬성! 찬성!"

영국식을 좋아하는 젊은이들이 소리쳤다. 생클레르는 잔을 들고 자리에서 일어나서 말했다.

"여러분, 나의 마음은 결코 우리 친구 쥘만큼 넓지 않지만 절개만큼은 더 있네. 그런데 나의 절개는 내가 마음속으로만 사모하던 부인과 오래전에 헤어졌다는 사실로 더 칭송받을 만하지. 하지만 여러분은 나의 선택에 동의해주리라 확신하네. 물론 여러분이 이미 나의 연적이 되어 있지 않다면 말이야. 여러분 주디트 파스타를 위해 건배합시다! 머지않아 유럽 제일의 비극 배우를 다시 볼 수 있기를 바라며!"

테민이 이 건배의 트집을 잡으려 했지만 박수 소리에 저지당했다. 공격을 피해간 생클레르는 그날은 곤경에서 벗어났다고 생각했다.

화제는 우선 연극 이야기로 번져갔다. 연극 검열 문제는 정치 문제로 넘어가는 데 이용되었다. 웰링턴 경 이야기에서 영국 말 이야기로, 영국 말 이야기는 자연스러운 연상 작용으로 여자들 이야기로 이어졌다. 왜냐하면 젊은이들에게는 멋진 말이 최우선이었고 그다음은 아름다운 여인일 정도로 두 가지가 최우선의 욕망 대상이었기 때문이다.

그러자 이토록 갖고 싶은 대상들을 어떻게 차지할 것인가에 대한 문제로 갑론을박이 이어졌다. 말들은 돈만 주고 살 수 있고 여자들 역시 살 수 있다. 하지만 그런 여자들에 대해서는 논하지 말자. 생클레르는 이 미묘한 주제에 대해서는 경험이 별로 없음을 겸손하게 주장한 다음, 여자의 마음에 들기 위한 첫째 조건은 특별해지는 것, 즉 다른 사람들과 달라지는 것이라고 결론지었다. 하지만 특별하다는 것에 대한 일반적인 공식이 있나? 그는 그렇게 생각하지 않았다.

"그렇다면 자네 생각에 절름발이나 꼽추는 제대로 걷거나 등이 곧은 사람보다 여자 마음에 드는 일에 있어 더 우위에 있다는 건가?"

쥘이 물었다.

"자네는 얘기를 너무 과장하고 있어."

생클레르가 답했다.

"하지만 내 주장의 모든 결과를 받아들여야 한다면, 그렇게 하겠네. 예를 들어 만일 내가 꼽추라면 자살하지 않을 것이고 여자를 정복하고 싶어 할 거야. 우선 나는 두 종류의 여자에게만 호소하게 되겠지. 진정한 동정심을 가진 여자에게든지, 아니면 독창적인 성격을 가졌다고 자랑하는, 영국에서 '괴짜'라고 불리는 그런 여자에게든지. 그런데 이런 여자는 많아.

첫 번째 종류의 여자에게는 내 처지에 대한 두려움과 나를 이렇게 만든 자연의 가혹함을 묘사하겠지. 여자들이 나의 운명을 측은히 여기도록 애쓸 것이고, 내가 열정적인 사랑을 할 수도 있을 거라는 생각을 하게 만드는 거야. 연적 한 명쯤을 결투에서 죽여버릴 수도 있고, 극소량의 아편을 마시고 자살 시도를 할 수도 있을 거야. 몇 달 후면 꼽추라는 나의 상황은 더는 상대의 눈에 보이지도 않게 될 것이고, 그렇게 되면 그녀의 동정심이 언제 폭발하느냐를 지켜보면 되는 거지.

독창적인 성격을 자처하는 두 번째 종류의 여자들은

정복이 쉽지. 꼽추는 행운을 가질 자격이 없다는 게 당연지사라는 세상 규칙을 설득하기만 하면 돼. 그녀들은 곧장 그 일반적인 규칙에 반박하고 싶어 할 테니까."

"이런 돈 후앙을 봤나!"

쥘이 소리쳤다.

"우리 모두 다리를 분지릅시다!"

보죄 대령이 말했다.

"꼽추로 태어나지 못한 불행한 사람들이니!"

"나는 생클레르의 의견에 완전히 동감이야."

키가 3척 반도 되지 않는 엑토르 로쾅탱이 말했다.

"가장 아름답고 가장 유명한 여자들이 멋진 남자들이 절대로 경계하지 않을, 여러분 같은 남자들한테 넘어가는 걸 매일같이 보고 있거든."

"엑토르, 일어나서 벨을 눌러 포도주를 더 가져오도록 하게."

테민이 더없이 자연스럽게 말했다.

난쟁이는 자리에서 일어났고 모두들 꼬리 잘린 여우의 우화(덫에 꼬리를 잘린 여우가 자신의 불구 상태를 괴상한 논리로 옹호하려다 비웃음을 사게 된 이야기)를 떠올리며 미소 지었다.

"나로서는……."

테민이 이야기를 이어갔다.

"살아가면서 점점 느끼는 건데……"라고 말하면서 그는 반대편에 있는 거울에 자기 얼굴을 슬쩍 비춰 보더니 말했다.

"봐줄 만한 얼굴과 취향이 드러나는 옷차림이 매정한 여자들을 유혹하는 최강의 개성이라고 생각해."

그러고는 옷깃에 붙어 있던 조그만 빵조각을 손가락으로 톡톡 건드려 떨어뜨렸다.

"이런!" 하고 난쟁이가 외쳤다.

"잘생긴 얼굴과 스타우브제 양복으로 일주일쯤 데리고 놀 여자들은 얻겠지. 하지만 그런 여자들은 두 번째 만남에서부터 벌써 지루해질 거야. 사랑을 받으려면 다른 게 필요해. 사랑이라고 하는 것에 필요한 건……."

"자, 봐."

테민이 가로막고 나섰다.

"단적인 예를 들어줄까? 모두 마씨니 알지? 그자가 어떤 남자였는지 알 거야. 영국 마부 같은 태도에, 말도 꼭 말(馬)처럼 하던……. 하지만 아도니스처럼 미남인 데다 브럼멜(영국 댄디즘을 선도했던 멋쟁이로 '아름다운 브럼멜'이라는 별명이 붙은 인물)처럼 넥타이를 매고 있잖아. 요컨대 그는 내가 알고 있는 최고로 지루한 존재였어."

"그자의 지루함에 나도 죽을 뻔했지."

보죄 대령이 말했다.

"그 사람과 200리를 함께 걸어가야만 했었거든."

"알고 있나?"

생클레르가 끼어들었다.

"여러분도 아는 리샤르 토른톤이 죽은 게 그 사람 때문이라는 거?"

"하지만 그 사람은 퐁디 호(湖) 옆에서 산적들에게 살해당한 거잖아?"

쥘이 대답했다.

"맞아, 하지만 마씨니가 적어도 그 범죄의 공범이었다는 걸 인정하게 될 거야. 토른톤을 비롯한 여러 여행자는 도적 떼가 두려워서 함께 나폴리에 가기로 했어. 마씨니도 이 단체 여행에 끼고 싶어 했지. 토른톤은 마씨니가 합류한다는 사실을 알자마자 그자와 함께 며칠을 보낸다는 게 겁이 나서 무리보다 앞서가기로 했던 거 같아. 그래서 혼자 출발했고, 그 나머지 얘기는 여러분이 아는 그대로야."

"토른톤이 옳았어."

테민이 말했다.

"두 가지 죽음 중에서 그는 좀 더 기분 좋은 쪽을 택한 거지. 누구라도 그의 처지에 있었으면 그렇게 했을 거야."

그리고 잠시 뒤에 말했다.

"그러니까 마씨니가 세상에서 가장 지루한 사람이라는 내 말에 동의하는 거지?"

"동의!"라고 모두 손뼉 치며 소리쳤다.

"누구도 절망하게 하지 말자."

줘이 말했다.

"XX에 대해서, 특히 그가 자신의 정치적 계획을 전개할 때 예외를 만들자."

"그럼 내 생각도 인정해줘."

테민이 말을 이었다.

"쿠르시 부인이 보기 드문 재원이라는 사실을 말이야."

한순간 침묵이 일었다. 생클레르는 고개를 숙였고 모두의 시선이 자기에게 고정되어 있다고 생각했다.

"누군들 그렇게 생각하지 않겠어?"

마침내 생클레르가 말했다. 여전히 접시에 얼굴을 박고 있는 모습이 마치 도자기 접시의 꽃무늬들을 호기심으로 관찰하는 것처럼 보였다.

"단언하건대, 그녀는 파리의 가장 사랑스러운 세 명의 여자 중 하나야."

쥘이 소리 높여 말했다.

"내가 그 남편을 알지. 나한테 자기 아내의 매력적인 편지를 자주 보여주었어."

보죄 대령이 말했다.

"오귀스트, 자네가 그 부인네 집안에 영향력이 있다던데, 날 좀 부인에게 소개해줘."

엑토르 로광탱이 끼어들며 말했다.

"가을 말쯤에……. 부인이 파리로 돌아오면……. 내 생각에 시골에 있을 때는 손님을 받지 않는 거 같아."

생클레르가 중얼거렸다.

"내 말 좀 들어볼래?"

테민이 외쳤다. 좌중이 다시 조용해졌다. 생클레르는 법정의 피고인처럼 앉은 자리에서 불안해했다.

"생클레르 자네는 3년 전에는 백작부인을 못 봤을 거야. 그때는 자네가 독일에 있었으니까."

알퐁스 드 테민은 더할 나위 없이 침착하게 말을 이었다.

"당시 그 여자가 어떠했는지 자네는 상상도 할 수 없겠지. 아름답고 장미처럼 싱싱하고 무엇보다 발랄하고 나비처럼 유쾌했지. 그런데 그녀를 찬미하는 수많은 사람 중에 누가 그 여자의 호의를 받는 영광을 누렸는지 알아? 마씨니였어! 가장 어리석고 가장 멍청한 자가 가장 재기 있는 여자의 머리를 돌게 한 거야. 꼽추라도 그 정도는 해낼 수 있었을까? 자, 그러니 내 말을 믿게나, 잘생긴 얼굴과 멋진 양복으로 과감해지는 거야."

생클레르는 곤란한 처지에 놓였다. 테민의 말을 단호하게 반박하려 했지만 백작부인의 평판을 위태롭게 만들지도 모른다는 두려움이 그를 제지했다. 뭔가 그녀에게 호의적인 말을 하고 싶었으나 입이 굳어버렸다. 입술은 분노로 떨렸고 논쟁을 개시할 우회적인 수단을 머릿속으로 궁리해보았지만 헛일이었다.

"뭐라고! 쿠르시 부인이 마씨니에게 몸을 바쳤다고! 약한 자여! 그대 이름은 여자로구나!"

쥘이 놀란 표정으로 외쳤다.

"여자의 평판 같은 건 대수롭지도 않게 여기는군."

생클레르가 무뚝뚝한 경멸조로 말했다.

"약간의 기지를 발휘하려고 여자를 산산조각 내버리는 일도 허용이 되고……."

그렇게 말하다가 퍼뜩 파리의 백작부인 댁 벽난로에서 수없이 보았던 에트루리아의 꽃병이 떠올라 깜짝 놀랐다. 그것은 마씨니가 이탈리아에서 돌아오며 주었던 선물이었다. 상황이 명백했다. 부인은 그 꽃병을 파리에서 시골 별장으로 가져오기도 했다. 그리고 매일 저녁 자신이 가져간 꽃다발을 벗겨 마틸드가 손수 에트루리아의 꽃병에 꽂아 놓곤 했었다.

그의 입술에서 말이 사라져버렸다. 그는 이제 한 가지밖에 보이지 않았다. 에트루리아의 꽃병 말이다.

빼도 박도 못할 증거다. 하지만 비판적인 사람은 '그렇게 하찮을 걸로 애인을 의심하다니!'라며 빈정거릴 거다. 하지만 비판하는 자여, 당신은 사랑에 빠져본 적이 있는가?

테민은 기분이 너무 좋았던지라 생클레르의 거친 말투에 불쾌해하지 않았다. 그는 가볍고 순진한 태도로 대답했다.

"나는 그저 세상 사람들 얘기를 따라 했을 뿐이야. 자네가 독일에 있었을 때는 그 일이 사실로 소문이 나 있었거든. 게다가 나는 쿠르시 부인를 잘 모르고 그 부인 집에 가지 않은 게 벌써 18개월이나 되는걸. 사람들이 뭔가 잘못 알았거나 마씨니가 지어낸 얘기일지도 모르지. 우리의 관심사로 되돌아가서, 내가 방금 들었던 예가 잘못되었다 해도, 내 말이 틀린 건 아닐 거야. 프랑스의 여자들은 아무리 재기 있는 여자라도 그 작품들이……."

그때 문이 벌컥 열리고 테오도르 네빌이 들어왔다. 그는 방금 이집트에서 돌아오는 길이었다.

"테오드르! 이렇게 일찍 돌아오다니!"

그는 질문 세례를 받았다.

"진짜 터키 제복을 가져왔나?"

테민이 물었다.

"아랍 말과 이집트 마부를 부렸나? 파샤(터키의 문무고관)는 어떤 사람이든가?"

쥘이 물었다.

"그는 언제 독립이 된다든가? 칼 한 방에 머리가 잘리는 걸 봤나? 무희들은?"

로쾅탱이 물었다.

"카이로 여자들은 예쁘던가? XXX장군을 봤나?"

보죄 대령이 물었다.

"그는 파샤의 군대를 어떻게 조직하던가? C대령이 나를 위한 칼을 주었나?"

"피라미드는? 나일강 폭포는? 멤논의 조각상은? 이브라임 파샤는?"

이렇게 모두 한꺼번에 질문을 쏟아내고 있는 중에도 생클레르는 오직 에트루리아의 꽃병만 생각하고 있었다.

테오도르는 다리를 꼬고 앉았다. 이집트에서 밴 습관인데 프랑스에 와서도 그 습관을 버릴 수 없었다. 그는 질문자들이 지치기를 기다렸다가 누구도 쉽게 자기 말을 끊지 못하도록 매우 빠르게 다음과 같은 이야기를 했다.

"피라미드! 그건 정말로 허풍일세. 사람들이 생각하는 것처럼 높지 않아. 스트라스부르의 대성당보다 고작 4미터 더 높을 뿐이야. 고대 유물이라면 이제 넌더리가 나네. 말도 말게. 상형문자만 봐도 기절할 지경이야. 그런 데 열광하는 관광객들이 넘쳐나지!

나의 목표는 알렉산드리아나 카이로 거리에 득실거리는 그 야릇한 사람들의 용모와 풍습을 연구하는 거였지. 터키 사람, 베두인 사람, 곱트 사람, 펠라 사람, 마그레브 사람 말이야. 검역소에 있는 동안 급하게 메모해두긴 했네. 검역소라는 곳도 얼마나 더럽던지! 자네들은 전염병 걱정을 하지 않길 바라네! 나는 300명의 페스트 환자들 사이에서 유유히 파이프를 피웠네.

아! 대령, 거기 가면 아주 잘 정비된 멋진 기마대를 볼 수 있네. 내가 가져온 화려한 무기들을 보여주도록 하지.

나는 그 유명한 무라드 베이의 투창이 있어. 대령, 자네에게 줄 반월도도 있고, 오귀스트에게 줄 단도도 있네. 내가 가져온 버누스와 하이크도 보여주지.

여자들을 데려오는 것도 오로지 내 마음에 달려 있었을 거야. 이브라힘 파샤가 그리스에서 여자를 많이 데려왔기 때문에 여자들이 넘쳐났거든. 하지만 어머니 때문에 나는 파샤와 이야기를 많이 나누었네. 그는 아주 재치 있는 사람이야, 아무렴! 편견도 없고. 그가 우리 사정을 얼마나 잘 알고 있는지 자네들은 모를 걸세. 맹세코 그는 우리 정부의 아주 사소한 비밀까지 다 알고 있어. 나는 그와의 대화에서 프랑스 정당들에 대한 매우 귀중한 정보를 얻었네. 그는 요즘 통계를 열심히 연구하고 있어. 게다가 우리의 모든 신문들을 구독하고 있고. 그가 열렬한 나폴레옹 지지자라는 거 아나! 끊임없이 나폴레옹 이야기만 하더라고. '아! 부나바르도는 정말 위대한 인물이야!'라고 말이야. 거기서는 나폴레옹을 부나바르도라고 부르더군."

"지우르디나는 주르댕을 말하는 거고"라고 테민이 조그맣게 중얼거렸다.

테오도르가 계속 이어 말했다.

"모하메드 알리가 처음엔 내게 상당히 유보적이었어. 터키인들은 모두 불신이 강하거든. 그는 나를 스파이나 예수회 교도로 오해했지. 빌어먹을! 예수회 신자를 끔찍이 싫어하더군. 하지만 몇 번 만난 뒤로는 내가 편견 없는 여행자이며, 동방의 관습, 풍습, 정치에 호기심이 있고 철저히 공부하고 싶어 한다는 걸 알게 된 거지. 그러자 그가 흉금을 터놓고 솔직하게 말해주었어. 마지막으로 만났을 때, 세 번째로 나의 알현이 허용된 때였는데, 난 그에게 자유롭게 이렇게 말할 수 있었어. '전하께서는 왜 오스만 제국으로부터 독립하지 않으려는지 알 수가 없네요.' 그러자 그가 말하더군. '물론 나도 그걸 원하지! 하지만 내가 일단 이집트의 독립을 선언하고 나면 당신네 나라를 지배하는 자유주의 언론들이 나를 지지해줄지 걱정이거든.' 그는 흰 수염이 아름다운 멋진 노인이야. 결코 웃는 법이 없었어. 나에게 최상급의 잼을 주기도 했다네. 내가 그에게 준 선물 중에서 그가 가장 마음에 들어 한 것은 샤를레가 그린 황제 근위대 제복화집이었어."

"파샤는 낭만적인 사람이던가?"

테민이 물었다.

"그는 문학에는 별로 관심이 없었지. 하지만 아랍 문학이 굉장히 낭만적이라는 건 모두 알잖아. 메렉 아야탈네푸-에벤-에스라푸라는 시인이 있는데, 최근에 『명상시집』을 발간했더군. 그에 비하면 라마르틴의 『명상시집』은 고전적 산문으로 보일 거야. 카이로에 도착했을 때 아랍어 선생을 하나 두고 같이 『코란』을 읽었네. 수업은 몇 번 받지 못했지만 예언자 마호메트의 숭고한 문체에서 아름다움을 충분히 이해할 수 있었고 우리의 번역이 얼마나 형편없는지 알았지. 예컨대, 이 아랍 글자를 알아보겠어? 이 황금빛 글자가 알라, 즉 신이라는 뜻이야."

그렇게 말하면서 그는 향내가 나는 비단 주머니에서 아주 지저분한 편지 한 장을 꺼내 보여주었다.

"이집트에서 얼마나 머물렀나?"

테민이 물었다.

"6주간 있었네."

그러면서 그 여행가는 서양 삼나무부터 하찮은 풀잎까

지, 모든 것을 계속해서 묘사했다. 생클레르는 그가 도착한 거의 직후에 그곳을 빠져나와 시골 별장으로 향했다. 격렬하게 달리는 말 위에서는 생각을 분명하게 따라가기 힘들었다. 하지만 지상에서의 행복이 영원히 깨져버렸다는 어렴풋한 느낌이 들었고, 이미 죽은 사람과 에트루리아 꽃병만을 원망할 수밖에 없다는 생각이 들었다.

집에 돌아온 그는 소파에 몸을 던졌다. 어제는 그토록 오랫동안 달콤하게 자신의 행복을 풀어냈던 그 소파였다. 그가 무엇보다도 사랑스럽게 어루만지던 생각은 자신의 애인이 여느 여자와는 다르다는 것, 오직 자기만을 사랑했고 영원히 그럴 수 있으리라는 것이었다. 이제 그 아름다운 꿈은 슬프고 잔인한 현실 안에서 사라져버렸다.

나는 아름다운 여자를 소유하고 있고, 그게 전부다. 그녀는 재기가 있고 그 때문에 더 비난받아 마땅하다. 그래서 마씨니를 사랑할 수 있었으니까! 지금은 그녀가 나를 사랑하는 게 사실이다. 온 마음을 다해 그녀는 사랑할 수 있으니까. 마씨니가 사랑받았던 것처럼 사랑을 받고 있다니! 그녀는 나의 보살핌, 나의 다정한 말, 나의 치근댐에 굴복한 것이다.

하지만 나는 잘못 생각했다. 우리 두 사람의 마음에는 공감이 없었다. 그녀에게는 마씨니나 나나 똑같은 존재였다. 그는 잘생겼고 그녀는 그의 미모 때문에 그를 사랑했다. 나도 이따금 부인을 즐겁게 해준다. 그래서 '그래, 생클레르를 사랑하자! 어차피 다른 사람은 죽었으니까! 생클레르가 죽거나 지루해지면 그땐 또다시 생각해보자'라고 생각한 거다.

나는 이렇게 자신을 괴롭히는 불행한 사람 곁에는 보이지 않는 악마가 그의 말을 엿듣고 있다고 확신한다. 인간들의 적대자에게는 그 광경이 재미있는 거다. 그래서 희생자가 상처를 봉합하려 하면 악마는 그것을 다시 헤집는다.

생클레르는 누군가가 자기 귀에 이렇게 속삭이는 소리를 들은 것 같았다.

'후계자가 된다는 이 야릇한 명예란.'

그는 자리에서 벌떡 일어나 주변을 사납게 둘러보았다. 방 안에서 누구라도 찾아냈다면 좋았을 것이다! 그랬더라면 그자를 갈기갈기 찢어버렸을 테니까.

괘종시계가 8시를 쳤다. 8시 반에 백작부인이 그를 기다리고 있다. 약속을 어기면 어떨까?

'사실 내가 뭐하러 마씨니의 애인을 다시 봐야 하나?'

그는 다시 소파에 누워 눈을 감았다. 자고 싶다고 생각했다. 그는 잠시 꼼짝하지 않고 있다가 자리를 박차고 일어나 시간이 얼마나 지났는지 괘종시계를 봤다.

'8시 반이 되기를 얼마나 바라고 있나! 그러면 출발하기에 이미 너무 늦었을 테니까.'

하지만 마음속에서는 집에 있을 용기가 느껴지지 않았다. 그는 핑계를 만들고 싶었다. 정말로 아팠으면 했다. 그는 방을 서성거렸고 그런 다음 자리에 앉아 책을 집어 들었지만 한 글자도 읽을 수 없었다. 피아노 앞에도 앉았지만 뚜껑 열 힘도 없었다. 그는 휘파람을 불었고 구름을 바라보았고 창문 앞에 있는 포플러나무의 숫자를 세어보고 싶었다. 마침내 다시 돌아와 시계를 봤지만 겨우 3분도 지나지 않았다는 걸 알았다.

'나는 그녀를 사랑하지 않을 수 없어!'

그는 이를 갈고 발을 쿵쿵 구르면서 생각했다.

'그녀는 나를 지배하고 있고, 마씨니가 그랬던 것처럼 나는 그녀의 노예인 거야! 자, 가련한 자여, 복종하라, 네가 증오하는 굴레를 부숴버릴 마음이 없으니!'

그는 모자를 쓰고 서둘러 집을 나섰다.

우리는 열정이 휘몰아칠 때, 우리의 자만심 꼭대기에서 자신의 연약함을 관조하는 자애심의 위로 같은 것을 체험한다. '맞아, 나는 약해, 하지만 원하기만 한다면 할 수 있어!'라고 생각하면서 위로를 받는 것이다.

그는 정원의 문에 이르는 오솔길을 천천히 걸어갔다. 짙은 나무색에 도드라져 보이는 흰 얼굴이 저 멀리 보였다. 그녀는 손끝에 매달린 손수건을 마치 신호라도 하듯이 흔들고 있었다. 그의 심장이 격렬하게 뛰었고 무릎이 후들거렸다. 그는 말할 힘도 없었고 너무도 소심해져서 백작부인이 자기 얼굴에 드러난 불쾌한 기분을 읽어내지 않을까 두려웠다.

그는 백작부인이 내미는 손을 잡고 그녀의 이마에 키스했다. 그녀가 그의 품에 안겼기 때문에 저택까지 말없이 그녀를 따라갔다. 가슴이 터질 것만 같은 한숨을 가까스로 억누르면서 말이다.

백작부인의 규방에는 단 한 개의 촛불만이 밝혀져 있었다. 두 사람은 자리에 앉았다. 생클레르는 애인의 머리에 장미꽃이 한 송이 꽂혀 있는 걸 알아보았다. 전날 그가 아름다운 영국 판화를 가져다주었는데, 그것은 레슬리를 모사한 포틀랜드 공작부인의 얼굴이었다(공작부인의 머리가 그런 식으로 되어 있었다). 생클레르는 단지 "복잡하게 꾸민 당신 머리보다 이렇게 단순한 장미가 더 좋아요"라고 말했을 뿐이었다. 그는 보석을 좋아하지 않았고 '치장한 여자들, 괴상하게 꾸민 말들에게서는 악마조차 아무것도 알아보지 못할 거다'라는 심한 말을 했던 영국 귀족과 같은 생각이었다. 간밤에 백작부인의 진주 목걸이를 만지작거리면서(왜냐하면 그는 말을 하면서 언제나 손안에 무언가를 가지고 있어야 했기 때문인데) 이렇게 말했었다.

"보석이란 결점을 감추는 데만 유용합니다. 마틸드, 당신은 그런 것을 걸치기에는 너무 아름다워요."

가장 하찮은 말까지 마음에 담아두던 백작부인이었기에 오늘 저녁에는 반지, 목걸이, 귀걸이, 팔찌를 모두 빼버렸다. 여인의 치장에서 그는 무엇보다 신발에 주목했고, 다른 사람들처럼 이 부분에 대해서는 자신만의 편집증이 있었다. 해가 지기 전에 폭우가 쏟아졌었고 잔디는 아직 물에 젖어 있었다. 그런데도 백작부인은 비단 양말과 새틴 신발을 신고 축축한 잔디를 걸어와 나를 맞이한 것이다. 병이라도 나면 어쩌려고!

'그녀는 날 사랑하고 있어!'라고 생클레르는 생각했다. 그리고 스스로의 광기에 한숨을 쉬었다. 그는 마지못해 미소를 지으며 마틸드를 바라보았고, 자신의 불쾌한 기분과 사소한 것들—그게 연인들에게는 엄청난 가치를 부여하는데—에서도 자기 마음에 들려고 애쓰고 있는 아름다운 여인에 대한 기쁨 사이에서 분열되었다.

백작부인의 빛나는 용모는 사랑과 장난기를 한꺼번에 드러내고 있었는데, 유쾌한 장난기가 그녀를 더더욱 사랑스럽게 했다. 그녀는 일본제 칠기함에서 뭔가를 집어 작은 손안에 감추고는 그에게 내밀었다.

"저번 저녁에 제가 당신 시계를 망가뜨렸잖아요. 자, 여기 수리했어요."

그렇게 말하면서 회중시계를 돌려주었다. 그리고 다정하고 장난기 가득한 얼굴로 그를 바라보면서 웃음을 감추려는 듯 아랫입술을 앙다물었다.

'세상에나! 치아가 저리 예쁘다니! 장미처럼 붉은 입술 위의 빛나는 하얀 치아! 아름다운 여인의 애교를 냉정하게 받아들이는 남자란 어리석기 짝이 없다.'

생클레르는 그녀에게 감사해하며 시계를 받아 주머니에 넣으려 했다. 그녀가 말했다.

"한번 열어보고 시계가 잘 고쳐졌나 보세요. 당신은 박식하고 이공과대학을 다녔으니 잘 알아볼 거예요."

"오! 난 이런 건 잘 몰라요."

생클레르가 대답했다. 그러면서 무심하게 시계 뚜껑을 열었다. 이런 놀라움이! 뚜껑 바닥에 쿠르시 부인의 작은 초상화가 그려져 있었다. 이럴진대 어떻게 계속해서 골을 내겠는가? 그의 머릿속이 환해졌다. 그는 마씨니 생각을 그만두었다. 단지 자신이 매력적인 여인 곁에 있다는 것, 그 여자가 그를 열렬히 사랑한다는 것만 기억했다.

새벽의 전령사인 종달새가 울기 시작했고 푸르스름한 햇살이 동편 구름에 긴 자국을 남겼다. 이제 로미오는 줄리엣에게 작별을 고해야 한다. 모든 연인이 헤어져야만 하는 고전적인 시간이다.

생클레르는 벽난로 앞에 서 있었다. 손에는 정원의 열쇠를 쥐고 우리가 앞서 말했던 그 에트루리아의 꽃병에 시선을 고정하고 있었다. 마음속 깊은 곳에서는 아직도 이 꽃병에 대해 원한을 품고 있었다. 그렇지만 그는 기분 좋은 상태였고 테민이 거짓말을 했을 수도 있다는 순박한 생각이 들기 시작했다. 그를 정원 문까지 배웅하고 싶어 하던 백작부인이 머리에 숄을 두르는 동안 그는 그 밉살맞은 꽃병을 자신의 열쇠로 살그머니 두드리기 시작했다. 그러다 차츰 그 강도가 높아졌는데, 당장이라도 꽃병이 박살 날 것 같았다.

"아! 이런! 조심해요! 그러다가 내 아름다운 에트루리아 꽃병을 부수겠어요!"

마틸드가 소리치고는 그의 손에서 열쇠를 빼앗았다. 생클레르는 몹시 불만스러웠지만 단념했다. 그는 벽난로에서 등을 돌려 유혹을 떨쳐내려 했고 회중시계의 뚜껑을 열어 간밤에 받았던 초상화를 들여다보았다.

"이 초상화를 그린 화가가 누구요?"

그가 물었다.

"R 씨예요. 참, 그 화가를 소개해준 사람이 마씨니예요. 마씨니는 로마 여행에서 돌아온 이래 회화에 대한 세련된 안목을 가지게 되었고 젊은 화가들의 후원자가 되었죠. 정말이지 그 초상화는 저를 많이 닮았어요. 실물보다 조금 더 낫게 그리긴 했지만."

생클레르는 회중시계를 벽에 패대기쳐버리고 싶었다. 그렇게 되면 시계를 수리하기 어려워지겠지. 그는 꾹 참으며 시계를 주머니에 도로 넣었다. 그러고 나서 이미 날이 밝은 것을 보며 집에서 나왔고 마틸드에게 따라오지 말라고 간청하고는 큰 걸음으로 정원을 가로질러 갔다. 잠시 뒤 그는 벌판에 혼자 있었다.

"마씨니! 마씨니!"

그는 쌓인 분노를 터뜨리며 소리를 질렀다.

'그러니까 언제나 너를 다시 만나게 되는구나! 아마도

이 초상화를 그린 화가는 마씨니에게도 부인의 초상화를 그려주었을 것이다! 난 얼마나 어리석었나! 잠시나마 나의 사랑에 맞는 사랑을 받고 있다고 믿었다니……. 단지 그녀가 장미꽃으로 머리를 단장하고 보석을 차지 않았다는 이유로! 그녀의 서랍에는 보석이 가득할 거다. 여자들의 몸단장만을 중요시하던 마씨니는 보석을 얼마나 좋아했을까! 그래, 그 여자가 성격이 좋다는 건 인정해야 한다. 자기 애인들의 취향에 자신을 맞출 줄 아니까. 빌어먹을! 그녀가 화류계 여자이고 돈 때문에 나에게 자기를 바쳤더라면 백배는 더 좋았으리라. 그랬다면 돈을 주지 않았는데도 정부가 되었으니 적어도 그녀가 나를 진짜로 사랑하는 거라고 믿었을 텐데.'

곧이어 좀 더 비통한 또 다른 생각이 떠올랐다. 몇 주 후면 백작부인의 애도 기간이 끝날 것이다. 과부 기간이 만료되는 즉시 생클레르는 그녀와 결혼하기로 되어 있었다. 그가 그러기로 약속했다.

약속했나? 아니다. 그는 결코 그 얘기를 하지 않았다. 하지만 그럴 의도가 있었고 백작부인도 그걸 알고 있었다.

그에게는 그것이 서약만큼의 가치가 있었다. 간밤에는 자신의 사랑을 공공연하게 고백할 수 있는 순간을 서두르기 위해서라면 왕좌라도 내어줄 수 있었을 것이다. 이제는 자신의 운명을 마씨니의 옛 정부와 연결 짓는다는 생각만으로도 몸이 떨렸다.

'하지만 나는……. 나는 해야만 한다! 그리고 그렇게 될 것이다. 그 가련한 여자는 내가 자기의 과거 행적을 이미 알고 있다고 생각했을 것이다. 그 일이 공공연한 사실이었다고 친구들이 말했으니까. 그러니 그 여자는 나를 모르는 거다. 그녀는 나를 이해할 수 없다. 마씨니가 자기를 사랑했던 것처럼 나도 자기를 사랑한다고 생각하는 것이다.'

그러자 약간의 자만심과 함께 이런 생각이 들었다.

'석 달 동안 그녀는 나를 가장 행복한 남자로 만들어주었어. 그 행복은 내 인생 전체를 희생할 만한 거야.'

그는 잠자리에 들지 않고 말을 타고 아침나절 내내 숲속을 돌아다녔다. 베리에르 숲길에서 멋진 영국 말을 타고 있는 어떤 남자가 보였다. 그 남자는 멀리서 그의 이름을 부르더니 당장 옆으로 다가왔다. 알퐁스 드 테민이었다.

당시 생클레르가 처한 정신 상태로는 혼자 있는 게 훨씬 더 나은 일이었다. 그래서 테민과의 만남이 그의 불쾌한 기분을 억눌린 분노로 바꿔버렸다. 테민은 아무 눈치도 채지 못했다. 그게 아니라면 상대의 기분을 거스르려는 심술 맞은 쾌감이 작동했는지, 테민은 상대방의 대꾸가 없다는 걸 깨닫지 못한 채 혼자 떠벌이고 웃고 농담을 했다.

생클레르는 좁은 산책로를 발견하고는 즉시 말을 그쪽으로 몰았다. 귀찮은 동반자가 따라오지 않기를 바라면서. 하지만 그의 생각이 틀렸다. 성가신 친구는 쉽사리 먹이를 놓아주지 않았다. 테민은 말고삐를 돌렸고 속도를 내서 생클레르와 나란히 달리면서 좀 전보다 더 편한 자세로 이야기를 계속했다.

산책로는 좁았다. 말 두 마리가 가까스로 나란히 걸어갈 수 있는 길이었다. 그러므로 테민이 매우 뛰어난 기수이긴 했지만 옆으로 지나가면서 생클레르의 발을 스치는 건 당연한 일이었다. 분노가 최고점에 도달한 생클레르는 더는 억제할 수 없었다. 그는 등자를 밟고 몸을 일으켜 세워 테민이 타고 있던 말의 코를 채찍으로 있는 힘껏 후려쳤다.

"오귀스트, 왜 이래? 왜 남의 말을 때려?"

테민이 소리쳤다.

"왜 나를 쫓아오는 건가?"

생클레르가 무서운 목소리로 물었다.

"정신이 나갔나? 자네 누구한테 말하고 있는 건지 알아?"

"어느 건방진 녀석한테 말하고 있는 걸 너무 잘 알고 있지."

"생클레르! 자네 미친 거 같군. 이봐, 내일이면 나에게 사과하게 될 거야. 아니면 그런 무례에 대한 결투를 받아들이든지."

"그래, 내일 보세."

테민은 그 자리에 말을 세웠다. 생클레르는 말을 재촉했고 곧이어 숲속으로 사라졌다.

순간 그는 좀 차분해지는 걸 느꼈다. 그는 예감을 믿는 약점이 있었다. 그는 자기가 다음 날 살해될 거라는 생각이 들었다. 그것은 지금 그의 처지에서 안성맞춤의 결말로 보였다. 아직 하루를 더 보내야 한다. 내일이면 걱정도 고통도 없다. 그는 집으로 돌아와 하인을 시켜 보좌 대령에게 짧은 편지를 보냈다. 그리고 편지 몇 통을 쓴 다음 맛있게 저녁을 먹고 8시 반에 정확하게 정원의 작은 문 앞에 나타났다.

"대체 오늘은 어찌된 일이에요, 오귀스트? 당신은 이상하게 명랑하네요. 하지만 당신의 온갖 농담도 나를 웃길 수는 없어요. 어제는 당신이 좀 침울했고 내가 명랑했는데! 오늘은 서로의 역할이 바뀌었네요. 나는 머리가 끔찍하게 아파요."

백작부인이 말했다.

"아름다운 연인이여, 고백컨대, 맞아요. 어제는 내가 아주 지루했어요. 하지만 오늘은 산책했고 운동도 했어요. 그래서 날아갈 듯이 몸 상태가 좋아요."

"나는 늦게 일어났어요. 오늘 아침에 잠을 많이 잤고 피곤한 꿈도 꾸었어요."

"아! 꿈을 꾸었소? 꿈을 믿나요?"

"터무니없는 소리죠!"

"나는 믿어요. 당신은 뭔가 비극적인 사고를 예고하는

꿈을 꿨으리라 장담하오."

"저런! 나는 꿈을 절대로 기억하지 않아요. 그렇지만 지금 생각이 나는데……. 꿈에서 마씨니를 보았어요. 보다시피 재미있는 건 하나도 없었어요."

"마씨니를 봤다고요? 난 오히려 당신이 꿈에서 그를 만나면 굉장히 기뻐할 거라고 생각했는데요."

"불쌍한 마씨니!"

"불쌍한 마씨니!"

"오귀스트, 오늘 저녁 당신한테 무슨 일이 있는 건지 제발 말해줘요. 당신 미소 속에 뭔가 아주 힘들어 보이는 게 있어요. 자기 자신을 빈정거리고 있는 것 같아요."

"아! 당신은 늙은 과부들인 당신 친구들처럼 나를 푸대접하는군요."

"그래요, 오귀스트, 오늘 당신은 싫어하는 사람들과 함께 있을 때의 얼굴을 하고 있어요."

"고약하군! 자, 나에게 손을 줘봐요."

그는 빈정거리면서도 정중하게 그녀의 손에 키스했다. 그리고 두 사람은 잠시 서로를 뚫어지게 바라보았다. 생클레르가 먼저 눈을 내리깔고 외쳤다.

"나쁜 사람이란 소리를 듣지 않으면서 이 세상을 살아가는 일은 얼마나 어려운지! 날씨나 사냥 얘기 외에는 절대로 하지 말아야 하고, 그게 아니면 당신의 오래된 친구들과 자선단체의 예산문제로 토론이나 해야 할 거예요."

그는 테이블 위에서 종이 하나를 집어 들었다.

"자, 여기에 세탁소 주인의 계산서가 있군요. 나의 천사여, 우리 이것에 관해 이야기해봅시다. 그러면 당신은 나를 고약하다고 하지 않겠지."

"정말이지, 오귀스트 당신은 나를 놀라게 하네요."

"여기 쓰인 글씨를 보니 오늘 아침 찾아낸 편지가 생각나는군요. 내 서류들을 정리했거든, 가끔 하는 일이라서……. 그러니까 열여섯 살 때 내가 사랑했던 어느 재단사 아가씨가 보냈던 연애편지를 다시 찾아냈어요. 그 여자는 각각의 단어를 자기만의 방식으로 가장 복잡하게 구사했어요. 그 여자의 문체도 그 철자법에 어울려요. 그런데 당시에 내가 좀 거만했기 때문에 세비네 부인(서간문으로 유명한 17세기 프랑스의 여류 문인)처럼 글을 쓰지 않는 애인이 있다는 게 나한테 부당하다고 생각했어요. 그래서 그 여자와 급작스럽게 헤어졌어요. 오늘, 그 편지를 다시 읽으면서 그 재단사 아가씨가 나에게 진정한 사랑이었다는 걸 깨달았지요."

"그렇군요! 당신이 그 여자를 먹여 살렸나요?"

"아주 후하게 대해줬소. 한 달에 40프랑씩. 하지만 나의 후견인이 생활비를 많이 대주지는 않았어요. 젊은이가 돈이 많으면 스스로를 망치고 다른 사람들도 망친다면서."

"그래서 그 여자는 어떻게 되었어요?"

"내가 어찌 그걸 알겠소? 아마도 병원에서 죽었을 거요."

"오귀스트……. 그게 사실이라면 그렇게 태연한 얼굴이 아닐 거예요."

"사실을 말하자면, 그녀는 성실한 남자와 결혼했어요. 그리고 내가 후견에서 해방되었을 때, 그녀에게 약간의 지참금을 주었지요."

"당신은 정말 착해요! 그런데 왜 당신은 나쁘게 보이길 바라나요?"

"오! 나는 아주 착한 사람이오. 생각할수록 그녀가 나를 정말로 사랑했다는 확신이 들어요. 하지만 그때는 우스꽝스러운 모습 아래 숨겨진 진실한 감정을 구별할 줄 몰랐던 거지요."

"그 편지를 가지고 오지 그랬어요? 질투 같은 건 하지 않았을 텐데……. 우리 여자들은 당신들보다 좀 더 직감적이죠. 그래서 편지의 문체를 보면 그게 진심인지 혹은 느끼지도 않은 감정을 꾸며낸 건지 대번에 알아보거든요."

"그렇지만 당신네 여자들은 어리석은 남자나 거만한 남자들에게 번번이 넘어가잖아!"

그렇게 말하면서 그는 에트루리아의 꽃병을 바라보았다. 그의 눈과 목소리에는 마틸드가 전혀 눈치채지 못한 불길한 기운이 서려 있었다.

"설마 그럴 리가! 당신네 남자들은 죄다 돈 후안처럼 굴고 싶어 해요. 당신들은 여자들을 속여넘기고 있다고 생각하겠지만, 대개는 당신들보다 훨씬 더 교활한 여자 돈 후안들만 만날 뿐이에요."

"내 생각에 당신네 부인들은 그 뛰어난 재기로 10리 밖에 있는 어리석은 남자의 냄새를 맡는 거 같소. 그래서 당신 친구인 그 마씨니도 어리석고 거만하여 숫총각에 순교자로 죽지 않았을지 의심이 돼요?"

"마씨니요? 아니 그 사람은 그렇게 어리석지 않았어요. 그리고 어리석은 여자들도 있거든요. 마씨니에 관한 이야기를 들려줘야겠군요. 한데 내가 벌써 그 얘길 하지 않았나요?"

"결단코."

생클레르가 떨리는 목소리로 대답했다.

"마씨니는 이탈리아 여행에서 돌아온 후 나에게 반했어요. 남편은 그 사람을 알고 있었고 재치와 안목이 있는 사람이라고 나에게 소개했어요. 두 사람은 서로 잘 맞았어요. 마씨니는 처음엔 아주 부지런히 찾아왔어요. 슈로트 화방에서 산 수채화들을 자기가 그린 것인 양 나에게 주었고, 음악과 미술에 대해 아주 재미있게 이야기해주었죠. 어느 날 그가 터무니없는 편지를 보내왔어요. 편지에서 이런저런 이야기를 하는 중에 나를 파리에서 가장 정숙한 여자라고 말하고 있었어요. 그러면서 나의 애인이 되고 싶다는 거였어요. 나는 그 편지를 나의 사촌인 쥘리에게 보여주었지요. 우리 둘 다 그때는 제정신이 아니었죠. 그리고 우리는 그를 골려주기로 했어요. 어느 날 저녁, 집에 손님이 몇 명 와 있었는데, 그중에 마씨니도 있었어요. 그때 사촌이 나에게 말했어요. '오늘 아침에 받은 사랑 고백을 읽어줄게.' 그러고는 마씨니의 편지를 읽었고 좌중에 폭소가 터졌죠. 불쌍한 마씨니!"

생클레르는 기쁨의 소리를 지르며 무릎을 꿇었다. 그는 백작부인의 손을 잡고 그 위에 키스를 퍼붓고 눈물을 쏟았다. 마틸드는 극도로 놀라 처음에는 그가 아픈 줄 알았다. 생클레르는 이 말밖에 할 수 없었다.

"나를 용서해줘요! 용서해줘요!"

마침내 그는 일어섰다. 그의 얼굴이 환해졌다. 그 순간이 마틸드가 처음으로 자기에게 사랑을 고백했던 날보다 더 행복했다.

"나는 세상에서 가장 미친놈이고 가장 죄 많은 사람이오. 이틀 전부터 나는 당신을 의심했어요. 그리고 당신의 설명은 들을 생각은 하지도 않았고……."

그가 크게 말했다.

"나를 의심했다니! 아니 뭘요?"

"오! 나는 한심한 놈이오! 사람들 말이 당신이 마씨니를 사랑했었다는 거야. 그리고……."

"마씨니를!"

그리고 그녀는 웃기 시작했다. 그러고 나서 즉시 정색하며 말했다.

"오귀스트, 그런 의심을 하다니 당신은 꽤 정신이 나간 것 같고, 그걸 나에게 숨긴 걸 보면 상당히 위선적이에요!"

그녀의 눈에서 눈물이 흘렀다.

"제발, 용서해줘요."

"내가 어떻게 당신을 용서하지 않겠어요? 하지만 우선 당신에게 맹세컨대……."

"오! 당신을 믿어요, 아무 말도 하지 마오."

"하지만 세상에 무슨 이유로 그런 가당치 않은 의심을 할 수 있었던 거죠?"

"아무 이유 없어요, 그저 내 나쁜 머리 때문이야. 그리고 저기, 저 에트루리아 꽃병 있지 않소. 그게 마씨니가 당신에게 준 거라는 걸 알았고……."

백작부인은 놀란 표정으로 두 손을 맞잡더니 소리 내어 웃으며 외쳤다.

"나의 에트루리아 꽃병! 나의 에트루리아 꽃병!"

생클레르도 웃음을 참을 수 없었다. 그러면서도 굵은 눈물이 두 뺨을 따라 흘렀다. 그는 마틸드를 품에 안고 말했다.

"나를 용서해줄 때까지 당신을 놓아주지 않을 거요."

"네, 용서해요, 당신은 정말 미쳤어요."

그녀는 그를 다정하게 포옹하며 말했다.

"당신은 오늘 나를 아주 행복하게 하네요. 당신이 우는 모습은 처음 봐요, 당신은 울지 않을 줄 알았거든요."

그러고 나서 그녀는 그의 품에서 벗어나 에트루리아의 꽃병을 집어 들고는 그것을 바닥에 내리쳐 산산조각을 냈다. 그것은 켄타우로스에 맞선 라피트의 전투가 세 가지 색깔로 그려진 전대미문의 희귀한 작품이었다. 생클레르는 몇 시간 동안 세상에서 가장 부끄럽고 가장 행복한 사람이었다.

"아니 그럼 그 소식이 사실이야?"

로광탱은 토론티의 집에서 만난 보좌 대령에게 말했다.

"너무나 사실이라네, 친구."

대령이 서글프게 말했다.

"대체 어떻게 된 일인지 말해보게."

"오! 그러지. 생클레르는 먼저 나에게 자기가 잘못했다고 말했어. 하지만 테민에게 사과하기 전에 그의 포화를 받고 싶다는 거야. 나는 동의할 수밖에 없었네. 테민은 누가 먼저 총을 쏠 건지 제비뽑기로 정하자고 했어. 생클레르는 테민이 먼저 쏘라고 했고. 테민은 총을 쏘았고 생클레르는 제자리에서 서서 한 번 빙그르르 돌더니 그대로 뻣뻣이 쓰러져 죽었어. 총을 맞은 후에 그런 식으로 이상하게 빙 돌다가 죽는 병사를 난 여러 번 봤네."

"그것참 이상하군. 그래서 테민은 어떻게 했나?"

로광탱이 말했다.

"오! 그럴 때 해야 할 일을 했지. 그는 후회하는 태도로 총을 바닥에 던졌어. 너무 세게 내던져서 권총의 공이치기가 부서졌다네. 영국제 맨턴 총이었는데. 그렇게 좋은 총을 다시 만들어줄 수 있는 총기상이 파리에 있으려나 모르겠어."

백작부인은 3년간 아무도 만나지 않았다. 겨울이나 여름이나 그녀는 시골 별장에 머물며 자기 방에서 거의 나오지 않았고, 생클레르와의 관계를 알고 있는 흑백 혼혈 하인의 시중을 받았다. 그녀에게도 하루에 두 마디 이상은 하지 않았다.

3년 후에 사촌 쥘리가 긴 여행에서 돌아왔다. 그녀는 강제로 부인의 방문을 열게 하여 불쌍한 마틸드를 보았는데, 너무나 깡마르고 창백한 모습에 예전의 아름답고 생기 가득한 여인의 시체를 보고 있는 줄 알았다. 그녀는 어렵게 마틸드를 은거에서 끌어내 이에르(프랑스 남부의 툴롱 근처에 있는 작은 도시)로 데려갈 수 있었다.

백작부인은 그곳에서 서너 달을 보낸 뒤 몸이 더 쇠약해져 폐렴으로 사망했다. 그녀를 보살피던 의사 M의 말대로 그것은 집안의 근심으로 촉발된 병이었다.

푸른 방

드 라 륀느 부인에게

들뜬 기색으로 한 젊은이가 철로 입구에서 서성이고 있었다. 그는 파란색 안경을 끼고 있었고 감기에 걸리지 않았는데도 계속해서 손수건을 코로 가져갔다. 왼손에는 검은색 작은 손가방을 들고 있었고, 나중에 알게 되었지만, 가방 안에는 비단 잠옷과 헐렁한 터키 바지가 들어 있었다.

그는 이따금 출입문으로 가서 거리를 바라보았고, 그런 후에 회중시계를 꺼내보고 역 시계의 계기판을 확인했다.

기차는 한 시간 후나 되어서야 출발했다. 하지만 늦을까 봐 걱정하는 사람들은 언제나 있으며, 그 기차는 바쁜 사람들을 위한 것이 아니었다. 일등칸이 거의 없었다. 기차의 출발 시간은 중개인들이 일을 끝낸 후 별장으로 저녁 식사를 하러 가는 시간이 아니었다.

승객들이 열차에 오르기 시작했을 때, 파리 사람이라면 소작인이나 도시 근교 소매상들을 행색으로 알아보았을 것이다. 그럼에도 역에 사람이 들어설 때마다, 역 입구에 마차가 설 때마다, 파란색 안경을 낀 젊은이는 심장이 풍선처럼 부풀어 올랐고 무릎은 후들거렸으며 가방은 손에서 빠져나갈 것 같았다. 그리고 안경은 코에서 떨어질 것만 같았다. 말이 나왔으니 하는 말인데, 안경은 완전히 비뚜름하게 코에 걸쳐 있었다.

오랜 기다림 끝에, 계속해서 바라보고 있었는데도 정확하게 그의 시선에서 비껴간 유일한 지점인 옆문을 통해, 검은 옷을 입은 여자가 나타났을 때 그의 모습은 더욱 나빠졌다. 그 여자는 짙은 베일로 얼굴을 가리고 있었고 손에는 갈색 모로코가죽 가방을 들고 있었다. 역시 나중에 알게 된 일이지만, 그 안에는 멋진 잠옷과 파란색 새틴 실내화가 들어 있었다.

여자와 젊은 남자는 서로를 향해 나아갔는데 좌우를 두리번거리면서도 정면은 절대 보지 않았다. 서로 만나게 된 두 사람은 서로의 손을 잡았고 잠시 아무 말 없이 그대로 있었다. 쿵쿵 울려대는 그들의 심장은 격한 감동에 사로잡혀 있었는데, 내가 보기에 그런 감동은 한 철학자의 백년간의 삶에나 주어질 만한 것이었다. 마침내 그들은 기운을 차리면서 입을 열었다.

"레옹."

젊은 여자가 말했다(그녀가 젊고 아름답다는 사실을 잊어버리고 말해주지 못했다).

"레옹, 정말 행복해! 그렇게 파란색 안경을 쓰고 있으니 전혀 알아보지 못하겠어요."

"얼마나 행복한지! 그렇게 검은 베일을 쓰니 당신도 역시 못 알아보겠는걸."

레옹이 말했다.

"정말 행복해요! 얼른 자리에 가서 앉도록 해요. 기차가 우리를 남겨놓고 떠나겠어요."

그녀가 다시 대꾸했고 남자의 팔을 꽉 잡았다.

"아무 의심도 받지 않을 거예요. 나는 지금 클라라 부부와 같이 있는 거고, 클라라의 별장으로 가는 중인 거예요. 그곳에서 내일 그녀와 작별하는 거예요."

그녀는 웃으면서 고개를 숙이며 덧붙여 말했다.

"그리고 그녀는 한 시간 전에 출발했고 내일은 그녀와 마지막 저녁나절을 보낸 다음에……."

다시금 그녀는 그의 팔을 꽉 잡았다.

"내일 아침에는 그녀가 나를 역에 내려줄 것이고 거기서 나는 미리 고모님 댁에 보내놓은 위르쉴르를 만나는 거예요. 오! 나는 모든 걸 예상해두었어요! 기차표를 삽시다. 아무도 우리를 알아볼 수 없어요! 오! 숙소에서 우리 이름을 물으면 어떡하지요? 벌써 잊어버렸네."

"뒤뤼 부부라고 하지요."

"아, 아니에요! 뒤뤼는 안 돼요. 하숙집에 그런 이름의 구두장이가 있었어요."

"그럼, 뒤몽?"

“도몽으로 해요.”

“좋아요, 하지만 아무것도 물어보지 않을 겁니다.”

종이 울리고, 대합실 문이 열리자 베일에 가린 젊은 여인은 여전히 조심스럽게 젊은 남자와 함께 객차로 뛰어올랐다. 두 번째 종이 울려댔다. 승객들은 자기 객실 칸의 문을 닫았다.

“이 칸에는 우리 둘만 있어요.”

두 사람은 기뻐하며 소리쳤다. 하지만 바로 그때, 온통 검은색 옷을 입은 근엄하고 지루해 보이는 50대 남자가 그들의 객실로 들어와 한쪽 구석에 자리를 잡았다. 기관차가 기적을 울렸고 이윽고 열차가 움직이기 시작했다. 두 젊은이는 귀찮은 옆 사람으로부터 가능한 한 멀리 떨어져 앉아 나지막한 소리로, 그것도 신중을 기해 영어로 대화하기 시작했다.

“선생, 혹시 비밀 얘기라면 내 앞에서는 영어로 하지 않는 게 좋을 겁니다.”

옆자리의 여행자는 같은 언어로, 그것도 훨씬 완벽한 영국 억양으로 말했다.

"나는 영국인이오. 불편하게 해서 미안하지만, 다른 칸에는 남자 혼자뿐인데, 나는 남자와 단둘이는 절대로 여행하지 않는 게 버릇입니다. 그 남자 얼굴이 주드(1860년에 일어났던 열차 내 살인 사건의 범인)를 닮았어요. 그게 그를 무모한 일로 유도할지도 몰라서……."

그는 자기 앞자리에 던져 놓은 자신의 여행 가방을 보여주었다.

"게다가 나는 잠을 자지 않으면 책을 읽을 거요."

사실 그는 잠을 자려고 열심히 노력했다. 그는 가방을 열어 편안한 챙 모자를 꺼내 머리에 쓰더니 몇 분 동안 눈을 감고 있었다. 그러더니 불안한 몸짓으로 다시 눈을 뜨고 가방에서 안경과 그리스 책을 찾아 펼치고 굉장한 집중력으로 읽기 시작했다.

가방에서 책을 꺼내려면 아무렇게나 구겨넣은 물건들을 뒤집어야 했다. 그중에서도 가방 깊숙이에서 꽤 두툼한 영국 은행 지폐 다발을 끌어내, 그것을 자기 앞의 좌석 위에 올려놓았고, 그것을 도로 가방 속에 집어넣기 전에 젊은 남자에게 돈을 보여주면서 N에서 지폐 환전소를 찾을 수 있는지 물어보았다.

"있을 겁니다. 그곳이 영국으로 가는 길목에 있으니까요."

N은 두 젊은 남녀가 가려는 곳이었다. N에는 꽤 깨끗한 작은 호텔이 있었는데, 그곳은 토요일 저녁 외에는 사람들이 거의 찾지 않고 객실이 매우 괜찮다고 했다. 그곳 주인과 종업원들은 호텔이 파리로부터 아주 멀리 떨어져 있지 않았기에 지방에서의 그러한 일탈을 알고 있었다.

내가 이미 레옹이라고 소개했던 그 젊은이는 얼마 전에 파란색 안경을 쓰지 않은 채 이 호텔을 알아보러 왔었다. 호텔에 대한 그의 설명을 듣고 그의 연인도 그곳을 방문하고 싶은 마음이 든 것으로 보였다. 더구나 그날 그 여자는 레옹과 함께 갇히게 된다면 감옥의 벽들도 완전히 매혹적이라고 느낄 만한 기분이었다.

그러는 동안 기차는 계속 달렸다. 영국 남자는 그리스 책을 읽느라 그들을 거들떠보지도 않았다. 그들은 둘이서만 알아들을 수 있을 정도로 매우 낮은 소리로 이야기를 나누었다. 아마도 독자들은 연인이란 말의 진정한 의미에서, 내가 그들을 연인이라고 부른다 해도 놀라지 않을 테지만, 안타까운 것은 그들이 결혼하지 않았다는 사실이다. 그들의 결혼을 가로막은 데에는 뭔가 이유가 있었다.

기차는 N에 도착했다. 영국인이 먼저 내렸고, 레옹은 자기의 애인이 다리를 드러내지 않고도 기차에서 내릴 수 있도록 도와주었다. 그때 어떤 남자가 옆 칸에서 불쑥 나오더니 승강장으로 뛰어내렸다. 그는 노르스름해 보일 정도로 얼굴이 창백했고 퀭한 두 눈에 핏발이 서 있었다. 잘 다듬어지지 않은 턱수염은 중범죄자들에게서 흔히 볼 수 있는 특징이었다. 옷은 깨끗했지만 매우 낡아빠진 것이었다. 예전에는 검은색이었지만 이제는 등과 팔꿈치가 잿빛으로 바랜 프록코트는 턱까지 단추가 채워져 있었는데, 분명 똑같이 해어진 셔츠를 가리기 위해서일 것이다. 그는 영국인 쪽으로 다가가 굉장히 겸손한 말투로 말했다.

"삼촌!"

"꺼져, 이 나쁜 놈아!"

영국인이 소리쳤다. 그의 회색빛 눈이 분노로 이글거렸다. 그러고는 역을 빠져나가려고 걸음을 재촉했다.

"저를 절망에 빠뜨리지 마세요."

사내가 비통하면서도 거의 위협적인 목소리로 말했다.

"부탁인데, 내 가방을 잠시 맡아주시오."

영국 노인은 자신의 여행 가방을 레옹의 발치에 던지며 말했다. 곧이어 노인은 무례하게 접근해오는 사내의 팔을 잡고, 그를 밀어붙이다시피 구석으로 데리고 갔다. 그곳에서 사람들이 듣지 않기를 바라면서 한순간 아주 거친 어조로 그에게 얘기하는 듯 보였다. 그러고 나서는 주머니에서 어음 몇 장을 꺼내 구기더니 자신을 삼촌으로 불렀던 사내의 손에 쥐여주었다. 사내는 그것을 받고는 고맙다는 말도 없이 급히 사라졌다.

N에는 호텔이 하나뿐이었다. 그 때문에 이 실화의 모든 인물이 잠시 후 그곳에서 다시 만나게 된 것에 대해 조금도 놀랄 게 없다. 프랑스에서는 잘 차려입은 여인의 팔짱을 끼고 있으면 가장 좋은 호텔방을 확실하게 얻을 수 있다. 그래서 프랑스가 유럽에서 가장 세련된 민족으로 자리 잡게 된 것이다.

레옹이 가장 좋은 방을 얻었다고 해서, 그것을 훌륭한 방이라고 생각하면 경솔한 일이다. 방에는 커다란 호두나무 침대와 피라모스와 티스베의 마법 같은 이야기(바빌로니아의 전설로, 사랑하지만 부모의 반대로 비극적인 결말에 이르는 두 연인의 비극적인 이야기)가 보라색으로 날염된 페르시안 커튼이 있었다.

벽에는 수많은 인물이 등장하는 나폴리의 전경을 재현한 벽지가 도배되어 있었다. 그런데 안타깝게도, 무료하고 조심성 없는 여행객들이 그림 속 모든 남녀의 얼굴에 수염과 파이프를 덧그려 놓았다. 그림 속의 하늘과 바다에는 연필로 쓴 유치한 시와 산문이 적혀 있었다. 안쪽에는 몇 점의 판화가 걸려 있었다. 뒤뷔페를 모사한 〈1800년 헌장에 서약하는 루이 필립〉, 〈쥘리와 생프뢰의 첫 접견〉, 〈행복의 기대와 후회〉 같은 작품들이었다. 이 방을 푸른 방이라고 불렀다. 그 이유는 벽난로 좌우의 두 안락의자가 푸른색 위트레이트 벨벳으로 되어 있었기 때문이었지만, 여러 해 전부터 그 의자들은 자줏빛 줄무늬의 회색 면직 덮개로 덮여 있었다.

호텔의 여종업원들이 새로 도착한 여자의 주변에서 분주하게 서비스를 제공하는 동안, 레옹은 아무리 사랑에 빠졌어도 상식은 있었던지라 저녁식사를 주문하러 주방으로 갔다. 식사를 방으로 가져다주는 서비스를 받아내려면 온갖 수사와 약간의 매수가 필요했다.

하지만 그날 저녁, 그의 방 바로 옆에 있는 식당에서 N의 제3보병대 장교들과 이들과 교대하게 될 제3경기병 부대의 장교들이 거대한 송별 모임을 열 거라는 소식에 크게 난감해했다. 호텔주인은 모든 프랑스 군대에 만연한 쾌활한 분위기를 논외로 하면, 이들 보병대와 기병대는 온화하고 점잖은 사람들이라고 온 도시에 알려져 있기에 그들 옆에 있더라도 부인에게 작은 불편도 끼치지 않을 것이며 자정 이전에는 식탁에서 일어나는 게 그들의 관례라고 설명했다.

그래도 레옹이 적지 않게 혼란스러워진 마음으로 푸른 방으로 돌아가다가, 아까의 그 영국인이 자기 방 바로 옆 방을 차지하고 있다는 걸 알게 되었다. 방문은 열려 있었다. 영국인은 술병과 잔이 놓인 탁자 앞에 앉아 주의 깊은 시선으로 천장을 바라보고 있었다. 마치 날아다니는 파리의 수를 세고 있는 듯했다.

"옆방 사람이 나와 무슨 상관이 있담!"

레옹은 생각했다.

"영국인은 금세 술에 취할 것이고 경기병들은 자정 전에 방으로 돌아가겠지."

푸른 방에 들어서면서 그가 맨 먼저 보살폈던 것은 사잇문들이 잘 닫혀 있나 확인하는 일이었다. 영국인의 방 쪽은 이중문이었고 벽이 두꺼웠다. 경기병들 쪽은 칸막이가 좀 얇았지만 문은 자물쇠와 빗장으로 굳게 잠겨 있었다. 어쨌든 호기심을 막는 데는 마차 안의 차양보다는 방벽이 더 효과적인데, 많은 사람은 마차 안이 좀 더 사람들로부터 고립되어 있다고 믿는다!

확실히 젊은 연인들의 상상력은 매우 뛰어나서 더 완벽한 기쁨을 표출할 수 있다. 그들은 오랜 기다림 끝에, 사람들의 질투와 호기심으로부터 멀어져 마침내 두 사람만의 세계에 빠져 지난날의 고통에 대해 천천히 이야기하고, 완벽한 결합의 즐거움을 만끽할 수 있게 되었다. 하지만 악마는 언제나 행복의 잔에 압생트 한 방울을 떨어뜨릴 수단을 찾아내기 마련이다.

존슨은—그가 처음 한 말은 아니고 어느 그리스인의 말이라는데—그 누구도 '오늘 나는 행복할 거다'라고 생각할 수 없다고 썼다. 아주 오래전, 위대한 철학자들이 인정한 이 진리를 오늘날도 여전히 많은 사람이 무시하고 있고 특히나 많은 연인이 무시한다.

푸른 방에서 꽤 조촐한 식사를, 그것도 경기병과 보병들의 연회에서 빼돌린 몇 가지 요리로 된 저녁을 먹으면서 레옹과 그의 애인은 자신들의 대화에 끼어드는 옆방 군인들의 소리에 매우 괴로워하고 있었다. 거기에서는 전략이나 전술과는 생소한 이야기들이 오가고 있었는데 여기에 옮기기 조심스러운 발언들이었다.

거의 모두가 굉장히 외설스러운, 폭소가 동반된 괴상망측한 이야기여서 연인들도 이따금 그들을 따라 웃지 않을 수 없었다. 레옹의 애인은 얌전한 체하는 여자가 아니었다. 하지만 사랑하는 사람과 머리를 맞대고 있을 때는 듣고 싶지 않은 얘기들이 있는 법이다. 상황은 점점 더 곤혹스러워졌다. 레옹은 장교들에게 디저트가 제공될 무렵에 주방으로 내려가 호텔주인에게 옆방에 괴로워하는 여자가 있으니 조금 소리를 낮추는 예의를 기대한다고 말해야겠다고 생각했다.

그러나 호텔주인은 단체 손님이 있을 때 그러하듯이 완전히 얼이 빠져 누구에게 대답해야 할지 모르고 있었다. 레옹이 장교들에게 전달할 부탁을 말한 순간에, 한 종업원은 경기병들을 위한 샴페인을 요구했고, 또 한 여종업원은 영국인을 위한 포트 와인을 요구했던 것이다.

"포트 와인이 없다니까요."

여종업원이 덧붙였다.

"이런 바보 같으니. 우리 호텔엔 모든 술이 다 있어. 내가 포트 와인을 찾아주지! 라타피아 한 병하고 15도 포도주하고 작은 브랜디를 가져와."

순식간에 포트 와인을 제조한 다음 주인은 식당으로 들어가서 레옹이 좀 전에 부탁한 말을 전했다. 그 말은 대번에 성난 반응을 일으켰다.

그러고 나자 다른 모든 소리를 제압하는 나지막한 목소리의 누군가가, 옆방 여자는 어떤 부류의 여자냐고 물었다. 침묵 같은 게 감도는 가운데 주인이 대답했다.

"이런! 장교님들! 저도 별로 아는 바가 없습니다. 아주 상냥하고 수줍어하는 여자입니다. 여종업원인 마리잔느의 말이 손가락에 결혼반지를 끼었답니다. 아마도 신부일 가능성이 크고 결혼식을 하러 이곳에 온 것 같습니다. 이따금 있는 일이거든요."

"신부요?"

40명의 목소리가 외쳤다.

"여기 와서 우리와 한잔해야겠네. 그녀를 위해 건배하고 남편에게 부부생활의 의무를 가르쳐줍시다."

그렇게 말하더니 군화 소리가 크게 들렸고, 연인들은 자기들 방이 곧 습격당할 것 같은 걱정에 온몸을 떨었다.

하지만 그런 움직임을 멈추게 하는 누군가의 목소리가 울렸다. 그들의 대장이 말하고 있는 게 분명했다. 그는 장교들의 무례를 꾸짖고 제자리에 앉아 소리 지르지 말고 점잖게 이야기하라고 명령했다. 그리고 몇 마디를 덧붙였는데 너무 작은 소리라 푸른 방에서는 들리지 않았다. 장교들은 정중하게 명령을 따랐지만 그럼에도 억제된 폭소가 터져 나오긴 했다. 그 순간부터 장교들의 방은 비교적 조용했고 연인들은 규율의 유익한 영향력을 칭송하면서 좀 더 안심하고 대화를 나누기 시작했다.

수많은 곤경을 치르고 난 후, 걱정들과 지루한 여행과 무엇보다 옆방 사람들의 저속한 즐거움이 심하게 방해했던 사랑의 감정들을 되찾으려면 시간이 필요했을 것이다. 그렇지만 그들 나이에는 그런 일이 어려운 게 아니어서, 곧 자신들의 무모한 모험의 온갖 불쾌감은 잊고 중요한 결과만을 생각했다.

그들은 경기병들과 평화가 이루어졌다고 믿었다. 그런데 아뿔싸! 그것은 휴전일 뿐이었다. 조금도 예상치 못한 순간에, 그들이 이승에서 천 리나 멀어져 있을 때, 몇 대의 트롬본이 프랑스 군인들 사이에 잘 알려진 '승리는 우리 것이다'의 곡조를 연주하는 가운데 스물네 개의 트럼펫이 울려 퍼졌다. 그 같은 소란에 대처하는 방법은? 가엾은 연인들은 정말로 동정받을 만했다.

아니, 그렇게 동정할 건 없다. 왜냐하면 마침내 장교들이 식당을 떠났기 때문이다. 요란스러운 칼 소리와 군화 소리를 내며 푸른 방 앞을 열 지어 행진하면서 소리쳤다.

"안녕하세요, 신부님!"

그러고 나서 모든 소리가 끊겼다. 아니 잘못 생각했다. 영국인이 복도로 나와 소리쳤다.

"종업원! 같은 포트 와인으로 한 병 더 가져다주시오."

N 호텔에 다시 평온이 찾아왔다. 밤은 온화했고 달은 꽉 차 있었다. 아득한 옛날부터 연인들은 달을 바라보며 즐거워한다. 레옹과 그의 연인은 작은 정원으로 난 창문을 열고 클레마티스 넝쿨 향이 실린 신선한 공기를 즐겁게 들이마셨다.

그러나 그들은 창가에 오랫동안 있지 않았다. 어떤 남자가 고개를 숙이고 팔짱을 끼고 담배를 입에 물고 정원을 서성이고 있었기 때문이다. 레옹은 포트 와인을 좋아하는 영국인의 조카를 알아보았다.

*

나는 쓸데없는 세부 묘사를 싫어한다. 하물며 쉽게 상상할 수 있는 모든 것을 독자들에게 일일이 다 말해줘야 한다고 생각하지도 않고, N 호텔에서 일어났던 모든 일을 시간 단위로 들려줘야 한다고도 생각하지 않는다. 그러므로 나는, 불을 지피지 않은 푸른 방의 벽난로 위를 밝히던 초가 반 이상 타들어 갔을 때, 그 전까지는 조용하던 영국인의 방에서 마치 무거운 몸이 떨어지면서 나는 소리 같은 이상한 소리가 들렸다는 이야기로 건너뛰겠다.

그 소리에 겹쳐서 뭔가가 툭 하고 부러지는, 역시 이상한 소리가 났고, 뒤이어 질식한 듯한 고함과 저주와도 같은 불분명한 몇 마디 말들이 들려왔다. 푸른 방의 두 젊은이는 전율했다. 아마도 그들은 소스라치게 놀라 잠이 깨었을 것이다. 해명할 수 없었던 그 소리는 서로에게 거의 음산한 느낌을 불러일으켰다.

"영국인이 꿈을 꾸나 보군."

레옹이 애써 미소를 지으며 말했다.

그는 애인을 안심시키려 하면서도 자기도 모르게 몸을 떨고 있었다. 2~3분 후에 복도에서 조심스럽게 문이 열리는 것 같았다. 그리고 곧이어 아주 조용히 다시 닫혔다. 느릿느릿한 그리고 자신 없는 발걸음 소리가 들렸는데, 십중팔구 발소리를 감추려는 의도였다.

"저주받은 여관 같으니라고!"

레옹이 외쳤다.

"아! 여긴 낙원이에요!"

젊은 여인은 레옹의 어깨에 머리를 기대며 말했다.

"졸려 죽겠어요."

그녀는 한숨을 쉬더니 이내 다시 잠들었다.

저명한 모랄리스트가 말하기를, 인간은 아무것도 바랄 게 없을 때 절대로 수다스럽지 않다고 했다. 그러므로 레옹이 대화를 재개하려고 시도하거나 N 호텔의 각종 소리에 관한 생각을 털어놓지 않은 데 대해서는 조금도 놀라울 게 없다. 그런데도 그는 그 소리에 신경이 쓰였고 다른 때라면 관심도 없었을 여러 상황을 거기에 대입해 상상해 보았다.

영국인 조카의 음산한 얼굴이 떠올랐다. 자신의 삼촌을 바라보던 시선에는 증오가 서려 있었다. 돈을 달라고 부탁하느라 겸손하게 말은 하면서도 그랬다.

아직 젊고 힘센, 거기다 낙담한 사내로서는 정원에서 옆방 창문으로 기어오르는 일보다 더 쉬운 게 뭐가 있을까? 게다가 밤중에 정원을 서성이던 걸 보면 이 호텔에 묵고 있던 거다. 어쩌면……. 아마도 분명히……. 의심할 여지 없이 그는 삼촌의 검은 가방에 두툼한 지폐 다발이 들어 있는 걸 알고 있었다. 그리고 대머리를 둔기로 내려친 듯한 그 둔탁한 소리! 질식한 듯한 고함! 그 끔찍한 저주, 그리고 이어진 그 발소리!

그 조카는 살인자의 얼굴이었다. 하지만 장교들이 득실거리는 호텔에서는 살인하지 않는다. 아마도 그 영국인은 신중한 사람이라 방문을 빗장으로 잠갔을 것이고 특히 건달이 주변에 있다는 걸 알고 있었으니 가방을 손에 든 채로 조카에게 접근하고 싶어 하지 않았던 걸 보면 영국인은 그를 경계하고 있었다. 이렇게 행복한 순간에 어쩌자고 그런 무시무시한 생각에 빠져드는 걸까?

레옹은 마음속으로 바로 이런 생각을 하고 있었다. 내가 더 길게 분석하기를 자제하게 될, 꿈의 환영들만큼이나 어렴풋하게 이어질 생각들을 하다가 그는 문득 푸른 방과 영국인의 방 사이의 문에 무심하게 시선을 고정하게 되었다.

프랑스에서는 문들이 잘 닫히지 않는다. 그 사잇문과 마루판 사이에는 적어도 2센티미터의 틈이 있었다. 마루판에서 반사된 빛으로 가까스로 보이는 그 틈 사이로, 칼날과도 같은 거무스름하고 판판한 무엇인가가 보였다. 가장자리는 촛불의 빛을 받아서 매우 반짝이는 가느다란 선을 그려내고 있었다. 그것은 천천히 움직이더니 사잇문 가까이에 무심코 벗어던진 파란색 새틴 실내화 쪽으로 오고 있었다.

'지네 같은 벌레인가?'

아니다. 그것은 벌레가 아니었다. 그것은 고정된 형태가 아니었다. 가장자리가 빛을 받아 반짝이는 둘 혹은 세 개의 가늘고 긴 갈색 띠 모양의 자국들이 방 안으로 침투했다. 그것들의 움직임이 마루판의 경사로 인해 빨라졌다. 그것들은 빠르게 전진했고, 작은 실내화를 스쳐 가고 있었다.

'더는 의심의 여지가 없다. 그것은 액체였고, 이제 촛불의 빛을 받아 색깔이 분명히 드러난 그 액체, 그것은 피였다!'

레옹이 꼼짝하지도 못하고 공포에 사로잡혀 그 무시무시한 긴 자국들을 보고 있는 동안, 젊은 여인은 여전히 곤한 잠에 빠져 있었고 그녀의 고른 호흡은 레옹의 목과 어깨를 뜨겁게 달구었다.

N 호텔에 도착하자마자 저녁을 주문했던 레옹의 배려로 짐작건대, 그는 꽤 좋은 머리와 높은 판단력이 있어서 여러 가지 예측을 할 수 있다는 점이 충분히 입증된다. 이미 인정받은 그러한 성품은 이번 경우에도 여실히 드러났다. 그는 조금도 움직이지 않았고, 자신을 위협한 끔찍한 불행 앞에서 어떤 해결책을 찾기 위해 정신력을 힘껏 모았다.

나는 영웅적인 감정에 가득 찬 독자들, 특히 여성 독자들이 이러한 상황에서 아무런 행동도 하지 않은 레옹의 태도를 비난할 거라는 생각이 든다. 그가 영국인의 방으로 달려가 살인자를 제지하거나 적어도 방울을 잡아당겨 호텔 사람들에게 큰소리로 알려야 했다고 말할 것이다. 그래서 이 점에 대해 답변하겠다.

우선 프랑스의 호텔들에 있는 방울은 방의 치장을 위한

것일 뿐, 어떤 금속장치와도 연결되어 있지 않다. 자기 옆방의 영국인을 죽게 내버려둔 그를 나쁘다고 한다면, 자신의 어깨에 기대어 잠들어 있는 여자를 희생한다는 것 또한 칭찬받을 일은 아니라는 점을 정중하지만 단호하게 덧붙이겠다. 레옹이 호텔 사람들을 전부 깨우는 소동을 벌였다면 무슨 일이 벌어졌겠는가? 헌병들, 제국의 검사와 그의 서기가 즉시 도착할 것이다. 그가 무엇을 보고 들었는가를 묻기 전에, 그 양반들은 직업상 너무나 호기심이 많아서 그에게 제일 먼저 이런 것들을 물을 것이다.

"성함이 어떻게 되십니까? 증명서를 보여주시겠어요? 그리고 부인은요? 당신들은 푸른 방에서 함께 무엇을 했나요? 중죄 재판소에 출두하셔서 몇 월, 며칠, 밤 몇 시에 이러저러한 사건의 증인이었다는 걸 말씀해주시겠습니까?"

레옹의 머리에 맨 먼저 떠올랐던 것이 바로 그 제국 검사와 법정 사람들이었다. 살다 보면 이따금 해결하기 어려운 양심의 경우들이 있다. 모르는 여행객이 목이 잘리도록 내버려두는 게 나은가 아니면 사랑하는 여인의 명예를 실추시켜 그녀를 잃는 게 나은가?

그와 같은 문제를 제기해야 한다는 건 난처한 일이다. 그 해답은 가장 약은 사람도 짐작하지 못할 것이다. 그러므로 레옹은 몇몇 사람이 그의 처지에서 했을 만한 일을 했다. 즉 그는 움직이지 않았다.

파란색 실내화 한 짝과 그것을 스쳐 간 작은 핏줄기에 눈을 고정한 채 그는 매혹된 듯이 한참을 가만히 있었다. 반면에 식은땀이 그의 관자놀이를 적셨고 가슴속 심장은 터질 듯 쿵쾅거렸다.

수많은 생각과 기괴하고 끔찍한 이미지들이 그를 사로잡았고 내면의 소리가 매순간 외쳐대고 있었다.

'한 시간 후면 모두가 다 알게 될 것이고 그러면 그것은 너의 잘못이 된다! 이런 난처한 상황에서 내가 무얼 하겠어?'

계속 되뇐 덕분에, 결국 몇 줄기 희망의 빛을 알아볼 수 있었다. 그는 마침내 생각했다.

'옆방에서 일어난 일이 발각되기 전에 이 저주받은 호텔을 떠나버리면, 우리는 어쩌면 우리의 흔적을 없애버릴 수 있을 거야. 여기 사람들은 아무도 우리를 모르잖아. 사람들은 파란색 안경을 쓴 내 모습만 보았고, 내 여인의 모습도 베일 아래 가려 있었어. 기차역은 바로 옆이니까 한 시간 후면 우리는 N에서 아주 멀리 가 있을 거야.'

그리고 그는 이 여행을 위해 오랫동안 안내책자를 들여다보았기 때문에 파리행 기차가 9시에 지나간다는 사실을 기억할 수 있었다. 잠시 후에는 수많은 죄인이 숨어드는 그 넓은 도시로 가서 종적을 감춰버릴 것이다. 거기서 누가 죄 없는 두 사람을 찾아낼 수 있겠나? 그런데 9시 이전에 영국인의 방에 아무도 들어가지 않을까? 모든 문제는 거기에 있었다.

다른 해결책은 없다고 단단히 확신한 그는 너무나 오래전부터 빠져 있던 마비 상태를 일깨우기 위해 절망적인 노력을 했다. 하지만 그가 처음 몸을 움직이자 그의 젊은 동반자가 잠에서 깨어나 경솔하게 그를 껴안았다. 차가운 그의 뺨이 닿자 그녀는 조그맣게 소리를 질렀다.

"무슨 일이에요? 이마가 얼음장 같아요."

그녀가 걱정스레 물었다.

"아무것도 아니오. 옆방에서 소리가 들려서……."

그가 자신 없는 목소리로 대답했다. 그는 그녀의 품에서 벗어나 우선 파란색 실내화 한 짝을 치웠고 사잇문 앞에 안락의자를 갖다 놓아 연인이 끔찍한 액체를 보지 못하도록 했다. 액체는 더 퍼져나가지 않았고 이제는 마루판 위에 꽤 넓은 자국을 만들었다. 그리고 그는 복도로 난 문을 살짝 열고 조심스럽게 귀를 기울였다. 심지어 영국인의 방에 다가가보기도 했다. 문은 닫혀 있었다.

호텔은 벌써 조금씩 움직임이기 시작했다. 해가 떴다. 마구간의 하인들은 마당에서 말에게 글경이질을 하고 있었다. 3층에서 한 장교가 박차 소리를 울려대며 계단을 내려오고 있었다. 그는 인간들보다는 말들에게 더 기분 좋은, 전문용어로 '라 보뜨'라고 하는 그 흥미로운 작업을 감독하러 가는 길이었다.

레옹은 푸른 방으로 돌아왔다. 그리고 사랑에서 나올 수 있는 온갖 배려와 완곡한 표현을 잔뜩 사용하여 애인에게 그들이 처한 상황을 설명했다. 호텔에 남아 있을 때의 위험, 너무 성급하게 출발했을 때의 위험, 옆방의 재난이 밝혀진 후 호텔에서 기다리는 일의 더더욱 큰 위험을 말이다.

이러한 발표가 불러일으킨 공포, 그것에 뒤따른 눈물, 그녀가 내놓은 터무니없는 제안들에 대해서는 말할 필요도 없다. 불운한 두 연인은 서로를 껴안으며, 서로가 서로에게 '미안해요, 미안해!'란 말을 수도 없이 주고받았다. 각자 자기의 잘못이 더 크다고 생각했다.

그들은 함께 죽기로 약속했다. 왜냐하면 젊은 여인은 사법기관이 자신들을 영국인 살해의 범인들로 생각할 거라는 걸 의심치 않았기 때문이다. 그리고 사형대에서 그들이 서로를 껴안도록 허락해줄지에 대해 확신하지 않았기 때문에 그들은 숨이 막히도록 서로를 껴안으며 경쟁하듯 눈물을 쏟아냈다. 마침내 수많은 터무니없는 말과 다정하고 애절한 말을 무수히 나눈 뒤에, 끝도 없이 키스를 나누면서 그들은 레옹이 생각해놓은 계획, 즉 9시 기차로 출발하는 일이 현실적으로 실행할 수 있는 유일한 최선의 해결책이라는 것을 인정했다. 하지만 죽음 같은 두 시간을 아직도 더 보내야 했다. 복도에서 발소리가 들릴 때마다 그들은 온몸을 떨었다. 딱딱한 장화 소리가 날 때마다 제국 검사가 들어서는 모습을 예상하곤 했다.

그들의 작은 짐은 순식간에 꾸려졌다. 젊은 여인은 파란색 실내화를 난로에 태우고 싶어 했다. 하지만 레옹은 그것을 주워 침대 바닥 깔개로 씻은 다음 입을 맞추고는 자기 주머니에 넣었다. 그는 실내화에서 바닐라 냄새가 나는 걸 보고 깜짝 놀랐다. 그의 애인은 으제니 황후의 방향제를 향수로 썼기 때문이다.

호텔 안의 사람들은 벌써 모두 깨어났다. 종업원들의 웃음소리, 하녀들의 노랫소리, 장교들의 제복을 솔질하는 군인들의 소리가 들렸다. 방금 7시 종이 울렸다. 레옹은 애인에게 카페오레를 한 잔 마시게 하고 싶었다. 하지만 그녀는 목이 너무 잠겼다며 뭔가를 억지로 마시면 죽을 것만 같다고 했다.

파란색 안경을 쓴 레옹은 숙박비를 내기 위해 내려갔다. 주인은 간밤의 소란에 대해 거듭 용서를 구했다. 그리고 장교들은 항상 너무나 조용했는데 어제는 왜 그랬는지 아직까지도 납득이 안 된다고 했다. 레옹은 아무 소리도 듣지 못했고 완전히 잘 잤다면서 그를 안심시켰다.

"예컨대, 옆방 손님은……." 하면서 주인이 말했다.

"선생님을 불편하게 하지 않았을 겁니다. 그 사람은 시끄러운 소리를 내지는 않아요. 장담컨대 그분은 베개 두 개를 베고 아직도 주무시고 있을 겁니다."

레옹은 쓰러지지 않으려고 카운터에 힘껏 몸을 기댔다. 굳이 그를 따라왔던 젊은 여인은 눈앞의 베일을 꼭 붙들고 그의 팔을 움켜잡았다.

"그 사람은 영국 귀족이죠." 하고 주인이 가차 없이 말을 이었다.

"그분께는 늘 최선을 다해야 합니다. 아! 아주 품위 있는 분이죠! 하지만 모든 영국인이 다 그분 같지는 않아요. 아주 쩨쩨한 영국 사람도 한 사람 묵고 있어요. 그는 모든 게 다 비싸다는 거예요. 방값이며 식비 모두 다. 좀 전엔 5파운드 영국 지폐를 125프랑으로 계산해 달라더군요. 사람만 괜찮다면야! 아, 선생님께서도 그분을 알아보셨겠네요. 선생님이 부인과 영어로 말하는 것을 들었거든요. 좋은 사람이던가요?"

그렇게 말하면서 그에게 5파운드짜리 은행권을 보여주

었다. 지폐 모서리에 붉은색의 작은 얼룩이 있었고 레옹은 그것이 뭔지 금세 알아보았다.

"아주 괜찮은 사람이라고 생각합니다."

그는 목멘 소리로 대답했다.

"오! 시간 여유는 많아요." 주인이 다시 말했다.

"기차는 9시에야 지나가는데 항상 늦게 도착해요. 그러니 여기 앉으세요, 부인. 피곤해 보이시는데……."

그때, 뚱뚱한 하녀 하나가 들어왔다.

"얼른 따뜻한 물 좀 주세요. 영국 귀족에게 차를 주어야 해요! 그리고 스펀지도 하나 가져와요! 그분이 술병을 깨뜨려서 방이 온통 흥건해요."

하녀가 말했다. 그 말을 듣고 레옹은 의자에 털썩 주저앉았다. 그의 동반자도 똑같이 그렇게 했다. 두 사람 모두 웃고 싶어 미칠 지경이었고 웃음을 터뜨리지 않으려고 안간힘을 썼다. 젊은 여인은 남자의 손을 즐겁게 꼭 잡았다.

"결국 2시 기차로 떠나야겠어요."

레옹이 주인에게 말했다.

"점심때 맛있는 식사나 준비해주시지요."

작품 해설

19세기 프랑스에서 활동한 프로스페르 메리메(Prosper Mérimée, 1803~1870)는 우리에게 비제의 오페라로 널리 알려진 『카르멘』(1845)의 원작자이다. 1803년 9월 23일 파리에서 화학자이자 화가인 아버지 레오노르 메리메와 역시 화가이며 문학에 조예가 깊은 어머니 안 루이즈 사이에서 외아들로 태어났다. 어린 시절을 나폴레옹 시대에서 보낸 메리메는 당시 많은 예술가, 시인, 작가와 마찬가지로 격렬한 낭만주의의 물결 속에서 젊은 시절을 보냈다. 당시 메리메는 빅토르 위고, 스탕달, 알렉상드르 뒤마 등과 친교를 나누며 문학 모임에 참석했다.

메리메는 볼테르의 계몽사상을 물려받은 아버지의 뜻에 따라 법학을 공부했고, 예술적 안목을 지닌 어머니 덕분에 어릴 적부터 영국 문학에 입문하면서 문학적 소양 또한 키우게 되었다. 그는 주류 문단과 일정한 거리를 지키면서 자유주의 문학을 추구했고 독자적인 문학세계를 다졌다.

메리메는 박학하고 재주가 많았으며 그리스와 스페인, 영국과 러시아 등 세계의 여러 곳을 자주 여행하였다. 그는 단순한 여행자로 머물지 않고 그곳의 언어와 문학을 공부하며 다양한 풍습과 인간상을 깊이 있게 이해하려 했다. 라틴어와 러시아어를 배우고 고전문학, 미술사, 고고학 연구를 통해 각 문화의 심층적 이해에 도달했다. 그의 모든 작품에 드러나는 깊이 있는 인간 이해와 범지구적인 세계관은 바로 이러한 경험을 바탕으로 이루어진 것이다.

메리메는 1929년에 저명한 문예지를 통해 일련의 단편들을 연이어 발표하고 성공을 거두면서 작가로서 활동을 시작했다. 역사물인 『보루의 탈환』을 비롯하여 노예제도에 대한 통렬한 비판이 담긴 『타망고』, 코르시카의 역사를 압축적으로 묘사한 『마테오 팔코네』 등을 발표하여 단편작가로서의 재능을 마음껏 발휘했다.

1834년에 발표한 『지옥의 영혼』은 환상문학에 대한 작가의 재능이 처음 드러난 작품이었다. 뒤이은 『일르의 비너스』에서는 환상적 이야기를 풀어내는 예사롭지 않은 재능을 보여주면서 프랑스 환상문학의 발전에 중요한 단계를 마련하게 된다.

역사유물 감찰관에 임명된 메리메는 프랑스 전역을 비롯하여 영국, 스페인 이탈리아, 그리스 그리고 근동 지역을 여행한다. 이때 모아들인 인상과 자료들은 풍부하고 박학한 문학적 자양분이 되어 서한집과 문학작품에 고스란히 드러나게 된다. 『콜롱바』는 코르시카 여행의 산물이며, 『카르멘』은 스페인 집시 풍습을 답사하던 시절의 산물이다. 메리메의 작가적 명성을 드높이게 된 이 두 작품을 통해 그는 드라마 같은 단편의 외양을 확장했다는 평가를 받게 된다.

또한 메리메는 러시아 문학에 관심을 가졌던 최초의 문인 중 한 사람이었다. 그는 고골, 푸시킨, 투르게네프 등의 러시아 근대문학을 번역하여 프랑스에 소개함으로써 외국문학에 대한 관심을 촉발하기도 했다.

하지만 지병인 호흡곤란과 만성 기관지염 거기에 천식이 심해지자 메리메는 1869년부터 칸에 머물게 되었고, 이듬해 보불전쟁에서의 프랑스의 패망과 제2제정의 몰락을 지켜본 이후 심적인 타격으로 지병이 악화되어 그해 9월 자중해의 휴양지인 칸에서 숨을 거두었다.

이 책에 실린 다섯 개의 뛰어난 단편들에는 메리메가 담고자 하는 의미와 그의 글이 가진 압축미가 잘 드러나 있다. 그래서 압축된 시공간에서 벌어지는 이야기는 군더더기 없이 핵심에 진입한다.

코르시카의 지형적 특성을 압축적으로 설명하면서 지리적 특성에서 비롯한 그곳 사람들의 심성을 날카롭게 연결한 「마테오 팔코네」는 사나이라면 의당 지켜야 할 의리를 저버린 어린 아들을 처형하는 비정한 아버지의 이야기다.

그리고 있을 법하지 않은 이야기인데도 독자의 감수성을 한껏 긴장시키며 환상문학의 한 획을 그은 「일르의 비너스」, 노예제도의 폐해를 오로지 인물에 집중하여 군더더기 없이 포착해낸 「타망고」, 사랑에 빠져 질투에 휩싸인 사람의 심리를 정교한 대화 속에 풀어낸 「에트루리아의 꽃병」, 한편의 코믹 스릴러를 연상시키는 블랙 유머와도 같은 「푸른 방」을 통해 서로 다른 배경과 인물 속에서 다양한 소재를 풀어 놓으면서도 인간성에 대한 뿌리 깊은 통찰을 놓치지 않은 특징을 볼 수 있다. 이렇게 다섯 편의 단편은 작가의 풍부한 지식과 빼어난 이야기 솜씨로 시대가 지나도 우리에게 교훈을 주고 있다.

작가 연보

1803년 11월 23일 파리에서 화학 교수이자 화가였던 아버지와 그림과 문학을 좋아하던 어머니 사이에서 외아들로 출생.

1811년 나폴레옹 고등학교(지금의 앙리 4세 고등학교)에 입학.

1819년 바칼로레아 시험 후 부친의 뜻에 따라 법학을 전공함.

1820년 어머니의 영향으로 프랑스 낭만주의의 기원이 된 영국문학에 관심을 갖게 됨.

1822년 희곡 《크롬웰》을 쓰기 시작했으나 곧 포기함. 파리 문인들의 모임에 자주 참여하기 시작하고 이때

뮈세와 위고를 만남 이즈음 스무 살 위인 스탕달과 절친한 사이가 됨.

1823년 파리 8대학 법학부를 졸업하고 '허약체질'로 군 면제를 받음.

1825년 스페인 극에 열광하기 시작하여 그에 관한 몇 편의 기사를 작성. 첫 작품《클라라 가줄의 희곡집》발표.

1826년 댄디의 삶을 영위하며 영국을 세 번 여행. 파리의 문단 모임에 자주 참여함.

1827년 에밀리에 라코스트와 애인 사이가 됨. 민요 모음집 『라 구즐라』 발표.

1828년 에밀리에 라코스트의 남편과 결투를 벌여 부상을 당함. 『자크리의 난』 발표.

1829년 왕성한 창작의 시기로 『샤를 9세의 연대기』, 『샤를 11세의 환상』, 『마테오 팔 코네』, 『타망고』, 『페데리고』, 『보루의 탈환』, 『성체 행차』 출간.

1830년 희곡 〈성체 행차〉가 극장에서 공연되고, 주연 배우인 오귀스트 브로앙과 사랑에 빠짐. 이 작품의 반종

교적 입장으로 스캔들에 휘말림. 『에트루리아의 꽃병』, 『주사위 놀이』 발표. 7월 왕정은 메리메의 자유사상을 두드러지게 나타내는 계기가 됨. 스페인 여행을 떠났다가 몽티조 백작과 인연을 맺게 됨.

1831년 몽티조 백작과의 친분으로 제2제정 치하의 행정부에 입각.

1832년 『미지의 여인에게 보낸 편지』 발표.

1833년 『이중 경멸』 발표.

1834년 역사유물 감찰관에 임명되어 고고학 관련 여행을 시작함. 『연옥의 영혼들』 발표.

1835년 『프랑스 남부지방 여행기』 출간. 이것은 2년 후 발표되는 『일르의 비너스』의 기원이 됨.

1836년 부친 사망. 『프랑스 서부지방 여행기』 출간.

1837년 『일르의 비너스』 출간.

1838년 『오베르뉴 여행기』 출간.

1839년 스탕달과 이탈리아 여행.

1840년 『코르시카 여행기』 출간. 이를 바탕으로 메리메의 걸작 중 하나로 꼽히는 『콜롱 바』가 그해 7월에 발표.

1841년 그리스와 터키 방문.

1842년 오랜 친구인 스탕달 사망.

1844년 『아르센 귀요』 발표. 아카데미 프랑세즈 회원으로 선출됨.

1845년 『카르멘』 출간. 이 작품은 출간 당시에는 큰 성공을 거두지 못했으나 1875년 비 제의 오페라로 인해 크게 알려지게 됨.

1849년 푸쉬킨 작품 번역. 러시아 작가의 작품을 각색한 「라 담드 피크」가 잡지에 실림. 스탕달을 추모하기 위해 『H.B.』 출간.

1852년 '리브리 책 도난 사건'으로 송사에 휘말려 감옥에 수감. 모친 사망.

1853년 『프랑스의 유물들』 발간. 상원위원에 임명됨. 나폴레옹 III세와 그의 아내인 으제니 드 몽티조의 일원이 됨.

1856년 『스탕달 서한집』의 해설을 씀.

1856년 심한 호흡기 곤란으로 남프랑스와 칸을 방문. 푸쉬킨의 작품 『총질』 번역.

1862년 만성 기관지염 치료를 위해 칸에 거처를 마련.

1863년 영국, 칸, 파리, 비아리츠를 오가며 살기 시작. 투르게네프의 『아버지와 아들』의 서문 작성.

1865년 비스마르크를 만남.

1866년 『푸른 방』과 『로키스』 집필.

1868년 『로키스』 출간.

1869년 심한 천식으로 고통을 받음.

1870년 황제 체제에 충실하던 그는 1870년 보불전쟁의 패배와 제2제정의 몰락으로 큰 타 격을 받고, 그해 9월 23일 지병인 천식으로 칸에서 63세를 일기로 영면.